Die Autorinnen und Autoren reflektieren über sich selbst, ihre Arbeit, ihr Leben. Sie lehnen sich aus dem Fenster, berühren ihre eigenen Grenzen und treten aus dem sicheren Gehäuse der Selbstgewissheit heraus. In dem sie sich mitteilen, lassen sie ihre Verbindungen zur Welt erkennbar werden oder sie vernetzen sich im Zuge dessen auf neue Weise mit ihr. Die hier versammelten Ich-Erzählungen (beziehungsweise, was auch vorkommt, Ich-Fiktionen und Betrachtungen über das Ich) stammen von Künstlern, Programmierern, Philosophen, Musikern, Regisseuren, Medienmachern, Schriftstellern, Wissenschaftlern, Architekten und Gastronomen, die das Online-Magazin Berliner Gazette in den vergangenen zehn Jahren elektronisch interviewt hat – in Zeiten des ausufernden Neoliberalismus, der stetig steigenden Datenmeere sowie einer beschleunigten Verflüssigung von Fixpunkten aber auch der wachsenden Sehnsucht nach Gemeinsamem. Vernetzt sein – das spürt man hier – ist keine Science Fiction, kein moralischer Imperativ, sondern Alltag.

Krystian Woznicki, 1972 in Kłodzko, Polen, geboren, arbeitete 1995 bis 1998 als Korrespondent der Spex und Kolumnist der Japan Times in Tokio; seitdem als Kulturkritiker und Kurator in Berlin. Zuletzt erschien von ihm »Abschalten. Paradiesproduktion, Massentourismus, Globalisierung« (2008) und »Wer hat Angst vor Gemeinschaft? Ein Dialog mit Jean-Luc Nancy« (2009). Er war von 1999 bis 2009 Chefredakteur der Berliner Gazette (berlinergazette.de).

Krystian Woznicki (Hg.)

VERNETZT

VERBRECHER VERLAG

Erste Auflage
Verbrecher Verlag Berlin 2009
www.verbrecherei.de

Einband: Sarah Lamparter
Satz: Christian Walter
Lektorat: Lena Posingies, Magdalena Taube

ISBN: 978-3-940426-37-6

Printed in Germany

Einleitung

Erinnern Sie sich noch an den Moment, an dem Sie Ihren ersten PC kauften? Daran, wie Sie Ihre erste Email-Adresse einrichteten und den ersten Absturz Ihres Betriebsystems hinnehmen mussten? Oder daran, wie Sie von der Technikeuphorie und dem Internet-Hype eingenommen wurden und das erste Mal über den Alltag des Vernetztseins nachgedacht haben?

Ich selbst erlebte all dies im Tokio der 1990er, wo Technikkonzerne avantgardistische Museen und intellektuelle Zeitschriften gründeten, wo ganze Stadtteile für den Verkauf neuster Elektronikware abgestellt waren und wo Science Fiction-Filme über den komplett verkabelten Menschen kaum Strahlkraft entfalten konnten, weil der digitalisierte Alltag schon futuristisch genug war. Wo ich mit Netzaktivisten und Medienkünstlern zusammenzuarbeiten begann und am eigenen Leib erfuhr, was es bedeutet, emailsüchtig zu werden, aber auch, wie schön es ist, Menschen vom anderen Ende der Welt im Netz kennenzulernen.

Danach – in Deutschland feierte man gerade den Regierungswechsel zu Rot-Grün – zog ich nach Berlin und begann damit, gemeinsam mit Freunden die Berliner Gazette

1 Die Email blieb drei Jahre lang das primäre Werkzeug, bis die Berliner Gazette im Jahre 2002 einen Relaunch der Webseite vornahm und – in Ergänzung zu den wöchentlichen Hauptbeiträgen – ein kürzeres Format entwickelte, das im redaktionell betreuten Blog ein tägliches Fenster bekam.

aufzubauen. Einmal pro Woche schrieb ich eine Kolumne, die ich, um drei kommentierte Veranstaltungshinweise und einem Postskriptum zu Themen aus der Netzwelt ergänzt, per Email an Abonnenten verschickte.[1] Das Ganze verstand sich als Initiative, die den Kulturbetrieb mit den publizistischen Mitteln des Internets aufmischen wollte.

Das Projekt hatte allerdings auch eine persönliche Dimension: Mit diesem Vorhaben erschloss sich mir mein neues Umfeld, auch über die Grenzen der Stadt hinaus. Ich begegnete einer Vielzahl von Leserinnen- und Leser-Ichs, ganz direkt, persönlich und unmittelbar. Menschen schrieben mir zurück, übten Kritik, sprachen Lob aus, gaben Anregungen, machten Vorschläge. Der Literaturwissenschaftler Stephan Porombka bemerkte diesbezüglich: »Im Medium der E-Mail scheint noch ein Stück Intimität zwischen Autor und Leser bewahrt zu sein, das in der öffentlichen Zeitung verloren geht.«[2] Dies war der Nährboden, auf dem sich in der Berliner Gazette ein persönliches Schreibformat entfalten und auf dem das »Ich«-Sagen zu einer privilegierten Ausdrucksform werden konnte – einerseits in Abgrenzung zum klassischen Feuilleton, in dem allzu oft »Wir« gesagt wird, andererseits in Abgrenzung zu den Stereotypen, auf die das »Ich«-Sagen reduziert wird: Wer »ich« sagt, muss befürchten, unwissenschaftlich zu wirken, dem Ego-Kult aufzusitzen oder Befindlichkeitsprosa zu fabrizieren.

2 Stephan Porombka: »Einer flaniert für alle. Krystian Woznicki sendet kleine Feuilletons per E-Mail.« In: Zitty, Nr. 8/2000.

Porombka schrieb seine Zeilen – das erste Jahr der Berliner Gazette resümierend – in einer Phase des Übergangs. In den ersten Monaten hatte ich alle Beiträge selbst verfasst, nun kamen auch andere »Ichs« zu Wort, aus den Reihen der entstehenden Redaktion sowie den Lesern und Leserinnen der Berliner Gazette. Bald verlegte sich die Redaktion darauf, Rahmenbedingungen für die Beiträge zu schaffen und Befragungen durchzuführen, und zwar mit Künstlern, Programmierern, Philosophen, Musikern, Designern, Firmengründern, Regisseuren, Medienmachern, Schriftstellern, Forschern sowie Architekten, Kuratoren und Gastronomen zu jeweils wechselnden Schwerpunkten: Do-It-Yourself, Arbeit, Identität, Europa, Sprache, Zeit, Gemeinschaft, Wasser – um nur die wichtigsten zu nennen. Die Befragungen wurden per Email durchgeführt.[3] Am Ende blieben nur die Antworten stehen, so ergab sich das Protokoll. Dabei stand (und steht) es dem Interviewpartner frei, die Fragen der Redaktion als Ausgangspunkt für eine Antwort zu nutzen oder die Fragen der Reihe nach zu beantworten und bei dieser Variante die Fragen in die Antworten aufzunehmen, wie auch bei

3 Ausnahmen erzählen von der Regel, es heißt, sie bestätigen sie sogar. Das trifft zumindest auf die Entstehungsweise der hier versammelten Texte zu. Nicht alle Befragungen wurden von der Redaktion (die bisweilen um Gastredakteure ergänzt wurde) per Email durchgeführt. Florian Kosak etwa chattete mit Florian Stötzer im Internet, Claudia Seise sprach mit Hok Dany und Samy an ihrem Arbeitsplatz und Magdalena Taube traf Paul Thérésin im Volkspark Friedrichshain zum Interview. Und nicht alle Texte erschienen tatsächlich in der Berliner Gazette. Genau genommen einer nicht: Magdalena Taubes Beitrag »Was gibt es zu sagen?«, den sie als 19jährige schrieb und in der Schublade verschwinden ließ.

Fernsehinterviews üblich. Mehr als 500 Texte entstanden auf diese Weise. Es ist klar, dass man die Positionen und Fragen, die in all diesen Beiträgen aufgeworfen worden sind, nicht angemessen zusammenfassen kann. Es ist klar, dass man bei einer Zwischenbilanz auf einen bestimmten Aspekt fokussieren muss. Allerdings ist diese Beschränkung auch eine einmalige Chance – eine Chance, welche ein Buch wie dieses bietet. Nach zehn Jahren Dauerproduktion kann nun ein besonderes Motiv herausgestellt werden: das vernetzte Ich.

Für die hier versammelten Protokolle könnte fast gelten, was Michel Houellebecq in zwei Verszeilen verdichtet: »Ich kenne die Modalitäten des Lebens, weiß, es ist vernetzt / Wie ein Fragebogen mit angekreuzten Feldern.«[4] Nur, dass unseren Befragungen nicht Fragebögen zu Grunde lagen, sondern Interviewfragen, und dass die Befragten nicht mit Kreuzen antworteten, sondern mit Sätzen, in denen sie die Modalitäten ihres Lebens reflektierten. Die Modalitäten eines Lebens, in welchem das Vernetztsein absolut normal geworden war. So normal, dass man es kaum noch bemerkte – gerade im Vergleich zu den 1990er Jahren, in denen das Internet noch als Spektakel wahrgenommen wurden.

Zur Jahrhundertwende hatte es allerdings den Anschein, als sei alles wie selbstverständlich miteinander vernetzt (die Boris Becker-Kampagne »Ich bin drin!« ließ keine Zweifel daran) und als müsse man fortan nur noch darauf achten,

4 Michel Houellebecq, »Plattform«, DuMont Verlag, Köln 2002. S. 125.

sich möglichst stilvoll einzuspinnen. Mit den Sprüchen des Ex-Tennisprofis und den Sinn-Botschaften von Möbelkonzernen (»Wohnst Du noch – oder lebst Du schon?«) bekam das vernetzte Zuhause einen neuen Stellenwert. Die Privatsphäre bot Schutz. Das große Versprechen: Netzwärme. Schon bald wurde sie jedoch nicht nur drinnen in Aussicht gestellt, sondern auch draußen in der immer engmaschiger verkabelten Welt. Lockrufe der Werber wie etwa »Go, spin the globe!« lieferten die Begleitmusik.

In einer jüngeren Werbekampagne rückte einer der größten Mobilfunknetzbetreiber in Deutschland Telefonkritzeleien ins Blickfeld, so genannte »Doodles«, die entstehen, »wenn Menschen am Telefon sind, im Gespräch versinken, entspannt sind und an alles denken, nur nicht an Fremdnetzkosten oder Gesprächsminuten«[5]. Die Kampagne sollte die Unbeschwertheit und Selbstverständlichkeit des Vernetztseins unterstreichen. Gleichzeitig drängte sie mit ihrer Werbebotschaft »Damit Sie beim Telefonieren nicht ans Telefonieren denken« die Frage auf: Habe ich inzwischen vergessen über das Vernetztsein nachzudenken oder ist das Ungedachte ohnehin schon immer präsent, etwa in den besagten Doodles?

Insofern könnten auch die hier versammelten Beiträge als schriftliche Doodles des vernetzten Daseins gelten: Texte, die entstehen, wenn Menschen online sind und dabei die politischen, ökonomischen, psychischen und sozialen Bedeutungen dieser Prozesse weitgehend vergessen. Doch

5 »O2 startet Kampagne zum neuen Tarif«. In: Kontakter.de, 24.04.2009.

vielleicht reflektieren die Beiträge gerade daher die existenziellen Grundbedingungen der gegenwärtigen Globalisierungsphase. Die Leserinnen und Leser dieses Buchs müssen selbst entscheiden, was hier der Fall ist.

Krystian Woznicki, Berlin, April 2009

I »Ich bin drin!«

Gläsern sein.

Ich weiß weder, wo sich mein Körper, noch, wo sich die Realität befindet

Krystian Woznicki

Verlust, Verschwinden, in Auslösung begriffen: Körper. Die Tastaturgemeinschaft hatte ihn längst mit einem Verfallsdatum abgestempelt. Reisen könne kaum noch eine Sache der physischen Fortbewegung sein; schwellender Körperexhibitionismus in der Medienkultur und dann: Na klar, die Sache mit dem, was man zu sich nimmt, die Biobewegung – alles Bilder, die wir zur Genüge kennen.

Einstellungswechsel: Multinationale Automobilkonzerne, der Rennsport, der Medienpark, die Formel 1. Mit ihrem Anspruch an absolute Stars fließen technologische Forschung am Vehikel und die Inszenierung einer Corporate-Sportikone im Körper eines Piloten wie Michael Schumacher zusammen. Im Fegefeuer der Koordinaten fackelt er und brennt. Aber wer wollte schon im menschlichen Körper um die Ecke punktieren?

»Ich hoffe, eine Lösung auf die Frage zu finden, woher das Nandrolon in meinem Körper stammt. Ich habe im letzten Halbjahr keine Spritze und keine Medikamente bekommen. Ich lege alle Daten offen, ich will gläsern sein«, sagt Vorzeigeleichtathlet Dieter Baumann. Gläsern, durchsichtig, zerbrechlich, in seine Daten zerlegbar, aber – und die Frage bleibt: Ist der Körper im Doping-Fall Baumann auch sauber?

»Das Glashaus bricht in Stücke« textet die taz. Wobei freilich offen blieb, ob der gläserne Leichtathlet oder vielmehr seine verglaste Vision im Anti-Dopingkampf gemeint ist. Der Olympiasieger von 1992 kämpft vehement für eine stabile Position des Staats im Sport und gegen den Einzug der Biochemie-Industrie. Der Körper im Deregulationsgefälle.

24.11.99

17 Stunden Webdesign.

Einige Dinge kann man messen, um sie zu werten, andere muss man erfahren

Penelope Grabowski

10.30 Uhr: Das Telefon klingelt, ein Freund: »Hey, kannst Du mir nicht helfen, Fotos von meiner Bassgitarre bei Ebay ins Netz zu stellen?« Ulf (mein Chef) kommt vom Kiosk zurück und erzählt, er habe gerade die Queen beim Kippenkaufen getroffen. Es ist ein Trugschluss, zu denken, am Hackeschen Markt treffe man Multimediaschaffende auf der Straße. Die sind offensichtlich im Internet oder eben auf der Schönhauser Allee …

12.00 Uhr: Uta ruft an. Sie hat Probleme mit ihrem Rechner. Nachdem sie vergeblich versucht, Ulf zu überreden, ihren Rechner zu verarzten, entschließt sie sich dazu, vorbeizukommen und ihre Diplomarbeit an einem unserer Rechner auf eine CD-Rom zu brennen. Das bringt immerhin 20 Mark für die Kaffeekasse. Währenddessen bekommen wir Besuch von Frank Benz, der außer ein paar Schlägen keine Aufmerksamkeit von Ulf bekommt. Es klingelt wieder an der Tür. Meike kommt vorbei um Loveletters via Email von ihrem Verlobten aus New York zu checken. Man merkt, dass es um die Mittagszeit ist: Der Besuch mehrt sich merklich und die Freunde setzen sich an unseren Konferenztisch. Außer der Bitte, einen Kaffee zu machen, mische ich mich nicht in das bunte Treiben ein – bin gerade vertieft in eine HTML-Tabelle und versuche, diese auszutricksen.

13.30 Uhr: Ein Anruf, es ist wieder S.H.: »Du hattest Recht mit Deinen Bedenken wegen der Hintergrundfarbe, die vorherige war doch schöner. Die Seite sollte doch lieber schokobraun sein. Dann hätte ich gerne noch ein paar mehr Links.« Am Ende kommt die unausweichliche Frage, ob man nicht doch aus der Seite eine »Dreifaltigkeit« machen könne ... Hitze steigt in mir hoch, bald beginnen meine Ohren zu rauschen, und mein Gesicht nimmt wohl einen schmerzlichen Ausdruck an. Denn ich bemerke: Ulf guckt mich sorgenvoll an. Ich winke aber ab, atme tief durch, reiße mich zusammen und schnurre honigsüß ins Telefon: Kein Problem! Kann ich machen, kostet aber extra und wird vor heute Abend nicht fertig.

14.00 Uhr: Anfrage eines Kunden, ob wir eine Konferenz live ins Internet streamen können. Obwohl wir das in unserem Programm offiziell nicht anbieten, erweitern wir unser Portfolio um eine weitere Dienstleistung, was das Definieren unseres Firmenprofils wieder etwas schwieriger macht.

14.30 Uhr: Auftrag für Ulf kommt rein. Das Hotel braucht einen Administrator. Unser Rechtsanwalt kommt vorbei. Er ist mit seinem Office in die Nachbarschaft gezogen und möchte jetzt auch ins Internet. Ulf kommt unerwartet schnell zurück und erzählt, das Problem im Hotel sei ein Stecker gewesen, der nicht in der Steckdose steckte ... Eine alte Klassenkameradin ruft mich an, sie strippt und chattet jetzt im Internet »für'n Zwanni schwarz die Stunde«. Wieder das Hotel. Dieses Mal ist es anscheinend wirklich ein ernsthaftes Problem. Ulf setzt seinen Feuerwehrhelm auf und fährt mit Blaulicht ein weiteres Mal nach Charlottenburg.

16.00 Uhr: Die Audiofiles sitzen! Zwinge mich zu einer Pause und entschließe mich, mein Panini nicht in der virtuellen Kantine zu bestellen, und nutze die Gelegenheit, mal an die frische Luft zu kommen. Boulettenbaguettekauf beim Bäcker. Ben Becker steht in einem Schlangenlederanzug an der Ecke und überlegt sich offensichtlich gerade auf die fahrende Tram aufzuspringen – Mut steht ihm gut. Er hat eine Trompete in der Hand, was wohl der Grund dafür sein könnte, dass er doch lieber ein Taxi anhalten will. Doch da können wir bei einsnull ihm leider nicht weiterhelfen.

09.08.00

www.berlin.diy.

Damit aus passiven Nutzern aktive Produzenten werden

Andreas Broeckmann

Herbst in Berlin unter neuen Vorzeichen: Ich lebe seit 1987 mit Unterbrechungen (England und Niederlande) in Berlin, zunächst in Neukölln, neuerdings in Treptow, und habe meinen Job beim Rotterdamer Institut für die Instabilen Medien, V2_Organisatie, seit 1995 zum größeren Teil als Teleworker gemacht. Trotzdem kommt's mir vor wie ein Ortswechsel, dass ich seit Anfang September die künstlerische Leitung der transmediale – internationales medienkunst festival berlin – übernommen habe und deshalb tagtäglich mit dem Rad die Köpenickerstraße runter ins Büro im Podewil fahre.

Neben persönlichen Gründen ist es vor allem die Aussicht, in Berlin eine Plattform für Medienkultur zu bauen, die als Schnittstelle dient zwischen der starken, aber fragmentierten lokalen Szene und dem wachsenden internationalen Netzwerk, an dem wir seit Jahren im Rahmen der niederländischen Virtual Platform, dem European Cultural Backbone, und informellen Zirkeln wie dem Syndicate oder dem Berliner mikro e.V. stricken. Bei einer mikro.lounge im Januar hatten wir über die Entwicklung einer lokalen Infrastruktur für unabhängige Medienkultur gesprochen, die die vorhandene Kräfte koppelt und sich gegenseitig verstärken lässt. Im Idealfall wäre das Festival einer der Knoten oder Katalysatoren in diesem Netz.

Normalerweise hat man ein knappes Jahr, um so ein Festival vorzubereiten. Uns bleiben in diesem Jahr wegen meiner späten Berufung nur fünf Monate, in denen auch noch ein neues Team aufgebaut werden muss und einige politische Überraschungen verdaut werden. Denn Anfang Oktober sickerte aus dem Senat die Information durch, dass im Haushalt des Kultursenators für 2001 die Gelder für die transmediale – immerhin ein Drittel unseres Gesamtbudgets –, wie auch die von vielen anderen freien Projekten nicht mehr vorkommen. Damit begann ein Tauziehen über die Notfinanzierung, das mir freilich immerhin Gelegenheit zu einigen Antrittsbesuchen verschafft hat.

Heute, 31.10., weiß ich noch nicht, ob wir mit Geldern vom Senat rechnen können; deshalb planen wir momentan ein arg gestrafftes Minimalprogramm, das sich um das Thema DIY (do it yourself!) drehen wird. Mit DIY konzentrieren wir uns auf die Möglichkeiten, die digitale Medien heute in zunehmendem Maße bieten, damit aus passiven Nutzern und Konsumenten aktive Produzenten werden. Dieses Prinzip der digitalen Kulturökonomie wirkt sich in Produktion, Präsentation und Distribution aller Sparten aus, und wir wollen zeigen, wie sich gerade im künstlerischen und kulturellen Bereich oft spannende und innovative Ansätze für eine kompetente Medienpraxis entwickeln. Darum haben wir auch den weltweit ersten Preis für »Künstlerische Software« ausgeschrieben – neben Preisen in den Bereichen Interaktiv und Video.

Ich sehe für eine solche Arbeit nicht nur eine kulturelle Notwendigkeit, also die Einsicht darin, dass sich hier eine Gegenwartskultur herausbildet, für die neue, offensive öffentliche Unterstützungsstrukturen gefunden werden müssen. Es gibt auch eine medienpolitische Notwendigkeit zu verstehen, dass die so genannte Informationsgesellschaft nur dann zu einem tragfähigen Gesellschaftsmodell wird, wenn sie mehr Identifikation bietet als Gewinne auf den neuen Märkten. Deshalb fände ich es persönlich fatal, wenn der Kultursenator es nicht als landeshoheitliche Aufgabe ansehen würde, medienkünstlerische und medienkulturelle Arbeit aktiv zu fördern. Naja, diese Diskussion wird voraussichtlich länger dauern, als wir mit dem Drucken unseres Festivalprogramms warten können. Die Eröffnung am 4. Februar 2001 findet, wenn's nach mir geht, in festlichem Rahmen statt.

01.11.00

Guide my Fire.

Wie wir uns selbst sehen

Krystian Woznicki

Ich halte gerade zwei DIY-Führer in der Hand. Strange: Selbermachen, aber dann bitte an die Regeln halten? So merkwürdig ist das natürlich nicht. Das DIY steht ja für Einiges. Da wäre der industrielle Apparat: von Ikea bis Heimwerker-Kultur à la Tokyu Hands oder Bauhaus. Und selbst beim Kochen: Wer versucht schon ein neues Gericht ohne Rezept? Eine Frage von Selbstvertrauen? Vielleicht eher eine Frage der Einstellung. Lebens-Einstellung, meine ich. War das DIY-aha-Erlebnis nicht der Moment, in dem jemand gegen die herrschende Ordnung etwas nicht nur selbst, sondern vor allem auch ANDERS machte? Wie auch in der Techno-Kultur: Maschinen gegen Sinn- und Zweckanspruch benutzen; Fehler und Zusammenbrüche provozieren, planen und produzieren, um die immanente und immer auch sinnstiftende Logik des Systems offen zu legen. Stichwort: Hacking. Wanted: Ein Hacker des öffentlichen Starsystems.

Zlatko kam ins Spiel, um der Generation i-XL zu zeigen, dass jetzt jeder mal ran darf. Aber nicht nur 15 Minuten lang, sondern, na ja, so lang man eigentlich will. Es liegt eben alles in DEINEN Händen. Und ist nur ein Mouseclick away ... Frank P. Stevenson hat dazu etwas Interessantes zu sagen: »If you find yourself shooting something really boring and don't know what to do, special effects may do the trick. Used in the right way, they can make things and people seem much more ... interesting than they really are.«

Wie Recht er hat. Dabei dürfen wir Zlatko als selbstverwalteten Spezial-Effekt, eine Art Geheimwaffe der Medienindustrie, werten, die in die griffbereiten Hände der Massen gelegt wurde. Jeder ist sein eigener Spezial-Effekt! lautet die Botschaft. Stevenson, auch als King Frank bekannt, schreckt dabei selbst vor Vaseline und Kerzen nicht zurück – es wächst und wächst –, um aus i, i-XL zu machen. Aber lest selbst nach, auch die theoretischen Fragmente, im »How to do Fashion Photography-Guide«, herausgegeben von Diesel.

My desktop is my castle. Und ich bin ein Königreich; Planet I, zu Deutsch Planet Ich, wie Ryuichi Sakamoto Anfang der 80er sang. Was hat da der herkömmliche Sinnzusammenhang Außenpolitik noch zu melden!? Als die Ressource orbitales Sehen, bislang nur Regierungen vorgehalten, Ende der letzten Dekade zum demokratischen Allgemeingut erklärt wurde, konnte Anita Couch-Potato anfangen, ihre eigenen Satellitenbilder von nordkoreanischen Raketenstützpunkten, Guerilla-Ausbildungscamps in Nahost und Atomwaffen-Fabriken in Indien zu bestellen. Ja, so fühlt man sich besser. Enemy Mine.

Was einst abstrakte und dazu noch fremdgesteuerte Angst war, darf jetzt an den eigenen vier Zimmerwänden hängen, als Ornament oder Beweismaterial. Für die Privatsammlung oder die Privatarmee. Damit auch wirklich alle in den Genuss kommen, hat die Spot Image Corporation einen handlichen und nicht zuletzt objektiven Führer herausgegeben. Ich habe derzeit übrigens eine himmlische Luftaufnahme von Mekka als Arbeitshintergrund auf meinem Desktop. Die Macht sei mit Dir!

08.11.00

Bad Religion.

Warum ich manchmal die Engel singen höre

Ulrike Rogler

März, Berlin-Mitte. Nähe Hackesche Höfe. Da geschah es: Ich sah sie und war verzaubert. Sofort. Mein Herz schlug heftig. Freudige Röte stieg in meine Wangen. Die tosenden Geräusche des Alltags verschwammen im Hintergrund, wurden überlagert von einem himmlischen Chor engelsgleicher Stimmen. Nur halb nahm ich die Proteste meiner Freundin wahr. Zu teuer sagte sie. Viel zu teuer, für dieses bisschen Stoff. Nur anprobieren, erwiderte ich, der Klang meiner Stimme weit weg. Ich ging in die Kabine, zog sie an. Wunderschön, unglaublich toll, perfekt, göttlich, sagten die Verkäuferinnen. Ich wusste, das sagten sie immer – aber war das Strahlen und die Bewunderung in ihren Augen nicht echt? Wirkte ich nicht unwiderstehlich? Gottgleich? Ein Höhenflug der Gefühle.

An den Ausgang der Geschichte erinnere ich mich nur noch dunkel: Meine EC-Karte funktionierte nicht, meine Freundin lieh mir kein Geld, weil sie »den teuren Nepp« nicht unterstütze. Weinend brach ich zusammen. Schrie, krallte mich im Teppich fest, während sie mich an den Füßen aus dem Geschäft zog.

Einige Tage später kam Naomi Klein nach Berlin. Im Auftrag ihres Verlegers tourte sie durch Deutschland, um ihr Buch »No Logo« vorzustellen. Als Sprachrohr linker Anti-Globalisierungspolitik werde sie verstanden und ihr Buch als eine Art Bibel gehandelt. Ein moderner Exorzismus wider den modernen Teufel: Marken, Branding, Logos. In akribischer Arbeit hat die Kulturwissenschaftlerin Informationen und Daten zusammengetragen. Sie wollte die Auswirkungen der durch Werbung, Branding und Marketing geschaffenen Mythen offen legen. Sie hat dazu die Produktionsbedingungen von Markenwaren in so genannten »Billigproduktionsländern« ebenso untersucht wie die weltweiten Auswirkungen, die den öffentlichen Raum beherrschende Marken auf die Gesellschaft haben.

Die Ergebnisse für sich genommen sind nichts Neues – aber der Umfang der Recherche und die differenzierte Analyse fassen eine Vielzahl politischer Aktivitäten zusammen: Werbung ist aus unserem Leben allein deswegen nicht mehr wegzudenken, weil mehr als 50 % des weltweiten Kapitalwertes aller Unternehmen aus Namen und Markenrechten besteht. Auch Kultur und Bildung sind vor der Vereinnahmung durch Markenimage nicht gefeit. Marken generieren eine eigene Lebenswelt und schaffen eine eigene globale Sprache. Diese Sprache hat einen Siegeszug sondergleichen angetreten. Englisch hält hier nicht mit. Wir leben im Schoße der Markenwelt. Aber diese Welt, so Klein, ist eine sinnentleerte, von Firmen geschaffene Welt ohne kulturelle Bereicherung.

Das scheinen Markeninhaber verstanden– oder zumindest gehört zu haben. Sie reagieren. Mit ihrem robusten kapitalistischen Magen verspeisen sie die Kritik einfach und integrieren sie in ihr quasi-religiöses Programm. Scheinbar ironisch selbstreferentiell, scheinbar spielerisch thematisieren sich Marken als Religionsersatz. Klein nennt das »nichtlineare Werbung«. Das Ego der Konsumenten wird jetzt an einer anderen Stelle gestreichelt. Und so sieht man in letzter Zeit häufig religiöse Anspielungen in der Werbung. Ein Kampagnenmotiv aus der aktuellen MTV-Werbung zum Beispiel, zeigt eine Nonne mit Bibel, auf der in fetten Buchstaben steht: »MTV – you better believe«. Auch killerloop, eine Tochter von Benetton, wirbt auf ihrer Website mit Jesus für die neueste Mode und Benetton selbst macht die Träger seiner Mode zu Heiligen, umstrahlt von einem Kometenkranz.

Ironisch überblendet scheinen Marken zu negieren, was sie doch versuchen zu sein: Kultur- und Sinnstifter. Sie haben das Näschen für die Bedürfnisse einer sinnentleerten säkularisierten Gesellschaft. Dennoch bleiben die Sinn-Angebote leere Phrasen. Zur Werbung gehört das Image, das Bild, zu Gott eben nicht. Bildliche Darstellungen von Jesus, als Vertreter Gottes auf Erden, ist ein erlaubter oder geduldeter Ersatz für das Bild Gottes, um den Menschen, Sie wissen schon, die Sache mit Glauben zu erleichtern.

Und während »Du darfst Dir ein Bild machen!« dementsprechend durch die Medienlandschaft tönt, hat das Berliner Modelabel nextGurunow die Sehnsucht nach spiritueller Führung in seinem Namen verinnerlicht (und spielt vielleicht unfreiwillig durch »next« und »now« auf einen hohen Verschleiß am Sinnstiftungsfließband an). Auf ihren Seiten findet man allerdings keinen Jesus, keine Maria. Man findet nur Mode ... oder? Momentmal ... schimmern da nicht die Gesichtszüge von Jesus durch den roten Pulli? Und ist der beschriebene Duft des Parfüms nicht göttlich? Höre ich da nicht wieder den himmlischen Chor engelsgleicher Stimmen?

04.04.01

Live bei Giga TV.

Welcome to the real world

Ada01 alias Anne Schreiber

Eigentlich interessiere ich mich nicht fürs Fernsehen. Mein Computer ist mir Bildschirm genug. Die Entscheidung, vier Wochen bei der Internetfernsehsendung Giga in Düsseldorf dabei zu sein, begründete sich aber ihrerseits auf Gefühlen des Überdrusses. Wenn, wie bei meinem Studium, die Tage erst nach Mittag beginnen und einzig die lose verstreuten Seminare so etwas wie einen geregelten Alltag erkennen lassen, kommt jenes Gefühl auf, das Arbeitslose gut kennen müssten. Ich wollte raus aus diesem nebulösen Zwischenzustand, und dafür brauchte ich einen Alltag, der mein Leben organisieren und straffen würde.

Anfangs hatte ich jedoch Schwierigkeiten, das Wort Giga auszusprechen. Es passte mir nicht so recht in den Mund und drückte ein ungewohntes Lebensgefühl aus. Doch da eine meiner Hauptaufgaben das Telefonieren war, blieb mir nichts anderes übrig, als es gerne und gut artikuliert in den Mund zu nehmen, um mit meiner neuen Identität als Ada01 mental und körperlich zu verschmelzen. Für vier Wochen war ich Teil der Giga Community, der »Generation@« der 14 bis 29-jährigen, die jeden Tag die »längste Internetparty« der Welt via Fernsehen und Internet feiert. Alle waren nett und schienen viel Spaß zu haben. Hier war eine schöne neue Welt, in der die Leute jeden Tag das machen durften, was sie auch zu Hause machen würden: Am Computer sitzen, basteln, chatten, Games austauschen, surfen und smoothe Musik hören.

Giga, das war für die meisten auch außerhalb der Arbeitszeiten ihr liebstes und wohl einziges Hobby. Der nette MC Moritz, mit dem ich jeden Tag zum Studio fuhr, schaut noch abends wenn er nach Hause kommt, welcher Star am nächsten Tag zu Gast ist. Und bleibt danach für Stunden im Chat. Carsten, der von seiner Karriere bei einer Versicherung abgekommen ist, wollte es lieber mit einem

Casting versuchen, um den aufregenden Job als Giga-Redakteur zu bekommen. Er trifft sich jetzt abends mit seinen berühmten Freunden aus dem Studio. Alles kein Problem. »Das New Media Center, in dem Giga jeden Tag entsteht, ist eine Mischung aus Kreativ-Werkstatt, Loft und High Tech-WG«, informierte mich in den ersten Tagen ein Fact Sheet.

Also feiert man wie in allen »richtigen« Start Ups und anderen postindustriellen E-Plattformen die Aussöhnung von Arbeit und Freizeit. Den Hype vermarktet jeder Einzelne direkt im Büro. Oder bei Giga im High Tech Loft. Gesponsert von medienwirksamen Klamottenmarken führt die kompetente und natürlich lustige Netzreporterin die Stimmung vor. Der Redakteur, der die erste Morgenkonferenz leitet, spricht zu uns, als stünde er vor laufender Kamera. Er übt für den Abend, denn kurz vor Sendeschluss dürfen alle ins Studio und live gefilmt werden. Aber anders als vor der Glotze musste ich hier in der Konferenz zurücklächeln.

Es fiel mir schwer an jenem Morgen und immer schwerer an den darauf folgenden Tagen. Irgendwann erinnerte mich die Arbeitsweise der Community, das stundenlange Operieren am Bildschirm zumindest, an das Bild eines Hackers: Was die Redaktion mit ihren bestellten Pizzen vor dem PC kultiviert, lässt sich wie die kommerzielle Version Linuxscher Arbeitsweisen lesen: »Open-source communities (...) are fascinating social structures. Similar communities could one day produce more than just good code.«

Wenn dann am späten Nachmittag die Sonne raus kam, wurden die Fenster im Großraumbüro der Giga-Redaktion abgedichtet. Damit man das auf dem Bildschirm besser sehen konnte? Der Innenraum des Studios absorbierte die gesamte Aufmerksamkeit. Auf den Tischen der Moderatoren stapelten sich Stofftiere, Fußballplaketten und weitere Elementarteilchen der Wissensgesellschaft. An den Wänden: feuchtfröhliche H&M-Bikini-Models oder einfach nur Britney Spears. Und alle wollten sie live dabei sein, wenn das, was in dem grauen Sendegebäude passierte, durch die Kanäle und Kabel in die Wohnungen und auf die Bildschirme geschickt wurde. »The future is you!« sagt mir die Giga Homepage. Ich denke: Get ready.

11.07.01

Der letzte Rave.

Die Börse als Ersatz-Demokratie

Florian Kosak

Berlin, Anfang diesen Monats im Hotel Adlon: Langer Gang durch die Empfangshalle (im Prinzip ein Salon, in dem die alten Herren saßen und ihre Zigarren rauchten), am Wintergarten vorbei, hin zum Ballsaal. Prunk ohne Ende, allerdings nicht überladen. Menschenauflauf: Als wir ankommen, ist die Veranstaltung schon in vollem Gange. Vom Holzfällerhemdträger bis hin zum Yuppie alles da. Durchschnittsalter 40. Leute mit Kohle. Die oberen 10.000 der Berliner Finanzszene hatten sich versammelt, um Markus Koch zu lauschen.

Der bekannte Autor (»Erfolgsrezepte vom Börsenkoch«,

Finanzbuchverlag) und Wallstreet-Korrespondent für ntv, sollte auf Einladung einiger Banken von seinen Ansichten über die Börse erzählen. Alle lauerten auf Insiderwissen, Anlagetipps und einen Update auf die Rezessionssymptome. Was das Ganze aber tatsächlich war: Ein Werbeereignis von zwei führenden Finanzprodukt-Emittenten, bei dem möglichst viele neue Kunden mit rosaroten Präsentationen geworben werden sollten. Eine davon: Die Direkt Anlage Bank aus Österreich (Discount Broking für Profis). Sie verzichtete nicht auf eine kitschige Inszenierung der Wiener-Traditionskultur und erinnerte damit nicht zuletzt an Haider & Konsorten.

Die Einladung war einige Tage zuvor von der französischen BNP-Paribas ins Haus geflattert. Sie kam mir wie selbstverständlich zu, da ich über diesen Emittenten seit längerem Optionsscheine bezog. Obwohl dieser Nachmittag im Adlon ein bisschen der ansteckenden Stimmung auf einer Pferderennbahn glich, kam ich zum Zocken in einem ausschließlich virtuellen Kontext. Aber im Grunde sehe ich mich ja gar nicht als Zocker.

Als ich vor gut einem Jahr als 17-jähriger das Vermögen meiner Großmutter sinnvoll einsetzen wollte, ging es mir im Grunde nur darum, mein gesammeltes Wissen anzubringen. Ich hatte bis dahin einige Bücher gelesen und mir eine kaufmännische Alltags-Praxis angeeignet: Verkauf russischer Werbeplakate und Online-Massenversteigerungen von Elektronikramsch bei Ebay. Als ich zum ersten Mal den Gedanken hatte, bei der Börse mitzumischen, war ich Schüler bei der Fachoberschule in Lichtenberg. Berufsvorbereitender Lehrgang: Bürowirtschaft (gähn).

Sieben Uhr an einem x-beliebigen Schultag: Ich sitze vor dem Fernseher und schaue mir auf ntv den Börsenticker an, checke, was am Nikkei in der Nacht passiert ist. Mein Vater, der Künstler, fand dass nur »irritierend«, dass gerade sein Sohn sich mit so was beschäftigen muss. In der Schule bekamen die Lehrer das erst gar nicht mit. Ich brachte meinen ntv-Pager mit, den ich während des Unterrichts pausenlos studierte. Über mein WAP-Handy habe ich dann unauffällig Derivate geordert, sobald die Kurse stimmten. Irgendwann stimmte dann gar nichts mehr. Alles ging nur noch den Bach runter. Doch die Hoffnung blieb. Obwohl monatelang nur Verluste zu verzeichnen waren, hatte ich geglaubt, dass es sich nur um eine Durststrecke handelte. Am »Ende« standen wir dann ALLE in der Wüste und ich war (m)ein Vermögen los.

Diese deprimierenden Szenen gingen mir ständig durch den Kopf, als ich zusammen mit meinem Kumpel im Ballsaal des Hotel Adlon saß: Ein Typ in Nadelstreifen versuchte uns gerade einzuordnen. Als er zur Erkenntnis gelangt war, verzog er die Mundwinkel. Hip-Hop-Baggy-Hosen am Leib, XXL-Hemden geschultert und Sneakers an den Sohlen. Man fühlte sich ein bisschen wie im Zoo. Also, aus meiner Sicht waren die anderen im Käfig. Als es dann zum Buffet ging, wartet dann auch mein Kumpel mit seinem einzigen Kommentar an diesem Abend auf: »Für Bonzen von Bonzen.« Obwohl wir auch wegen des Essens gekommen waren, wollte er nichts zu sich nehmen. Vielleicht, weil die anderen Gäste auch nur gekommen zu sein schienen, um sich die Bäuche vollzuschlagen und ihre Sinne (Unzufriedenheit) mit Alkohol zu betäuben.

Der Abend endete in vertrauten Gefilden im Tacheles: Beine hoch, Tüte an, etc. Als wir beim Lebens-Philosophie-Chillen waren, kam plötzlich eine Busladung bayerischer Touristen rein, die uns wie Affen im Zoo begafften ... Auf unserer Seite zumindest geht das Leben weiter.

25.07.01

Die Reise ins Ich.

Unsichtbare Wirtschaftskriege werden im Körper ausgetragen

Olaf Arndt

Noch vor hundert Jahren war unser Körper eine schwarze Kiste, in der es unheimlich brodelte. Einer der ersten, der über seinen Körper als Schlachtfeld schrieb, war Daniel Paul Schreber. In einem komplex verstrahlten Sendefeld war er als Opfer virtueller Kräfte ein Empfängermast und wurde von sehr kleinen Männern besiedelt, die ihn zu unanständigen Handlungen zwingen, ihn in Miss Schreber verwandeln wollten.

Heute, im Zeitalter einer allgegenwärtigen und gesellschaftlich voll akzeptierten interior vision muss man offensichtlich Hardcorefeministin sein, um im gynäkologischen Ultraschalleinsatz eine Attacke auf das Leben zu sehen. Es gehört zum Standard, dass der Nobelpreis an Leute vergeben wird, die unsere DNA als »Parasiten« verstehen (Watson/Crick) oder Bestandteile der menschlichen Körperzellen eindeutig als »Xenoorganismen« identifizieren (Dorion Sagan): Wir sind innen voll mit Fremden, wir sind aus Besuchern zusammengebaut, Gästen, die geblieben und Teile von uns geworden sind.

Wahrscheinlich erfreuen sich die »Körperwelten« Gunther von Hagens deswegen so großer Beliebtheit, weil sie auf drastische Weise zeigen, aus wie viel inkonsistenten Verbindungen wir bestehen, wie sich da Lappen über Schlauch häuft und an wabbelige Kugeln schmiegt. So was mögen VW-Besitzer nicht, die ihr Auto in der gläsernen Fabrik in Dresden abholen, einen silbernglänzenden Homunkel, der von sehr kleinen Göttern in weißen Handschuhen unter Einhaltung aller Designvorschriften auf Parkettboden montiert wurde: Da ist alles glatt, schön und an seinem Platz. So will man selber sein.

Zusammen mit dem in jedem Kulturkreis vorkommenden Konsum diverser Drogen bilden solche Einsichten ein Ensemble, das die Errichtung eines endogenen Marktes als anthropologische Grundkonstante erscheinen lässt. Im Inneren wird natürlich gewirtschaftet. Auf keinen Fall haben wir es mit einem neuen Phänomen zu tun. Spätestens seit Sadie Plant Drogen zur »nassen Technologie« erklärt hat – Burroughs-Jünger wussten das schon immer –, ist auch die Brücke zum Zeitalter von Cyber und Software geschlagen: Körpermanagement ist Teil einer kruden kapitalistischen Verwirklichungsekstase. Insofern ist der klick&fick-Hasenfortsatz in Playboys Internet-Kampagne ein Steißbein, atavistisches Symbol für ein primatenhaftes Ding, das schon immer abgeht: heißt nicht das @ im Altdeutschen Affenschwanz?

Richard Feynman hat in den 50ern das Tor aufgestoßen zu einem neuen Verständnis des Biologischen als Teil einer globalen Architektur. Mit der Formulierung »there is plenty of room at the bottom« eröffnet er eine Perspektive auf die Evolution, die den Vorstellungen der Architekten seiner Zeit nicht unähnlich ist: Das Kriegsende hatte alle mit tabula rasa Träumen erfüllt. Die Dimensionen sollten neu justiert werden. Raumplanung und Erbgutregulierung sind verwandte Themen und mit Sicherheit kein Privileg der Deutschen. Das der »bottom« eine Dimension des menschlichen Körpers ist, wird mit eugenischen Schriften schon in den 20ger Jahren theoretisch eintrainiert.

Als Eric K. Drexler Mitte der 80er seine nanotechnologischen »engines of creation« vorstellt, gibt es endgültig kein Gelände mehr, auf dem nicht ein »developer« operiert: Ethische Naturschutzgebiete werden prompt in Baugrundstücke verwandelt, wie im echten Leben. Dass um solche Claims im Inneren gekämpft wird, überrascht nicht. Neu ist vielmehr die Freiwilligkeit, mit der die (ehemaligen?) Grundbesitzer die Fremdbebauung selbst vorantreiben. In ihrem wunderbaren Text »Was essen Cyborgs?« spricht Maggie Morse über »smart nutrition«. Sogar Künstler arbeiten schon mit diesem Stoff: create yourself!

Bei allem Humor wird doch klar, dass die fröhliche Intoxikation des eigenen Körpers einer zielgenauen Strategie gehorcht. Unter den Bedingungen der Freiwilligkeit eingenommene nasse Technologien aus den Laboren der Konzerne bewirken in Langzeitverabreichung einen komplexen Umbau, der die Einrichtung von staatlichen Regularien und Kontrollinstanzen überflüssig erscheinen lässt. Die NASA hat hierzu in den 70ern ausführliche Studien betrieben. Wenn der Raum (space) nicht für den Körper zu präparieren ist, muss man den Weg in die entgegengesetzte Richtung gehen. Der »sentic circle« einer mit Psychopharmaka korrekt eingestellten Person kann die reale Raumerfahrung vollständig ersetzen, auch den Wunsch nach ihr. Wer »LSD-Astronauten« von Philip K. Dick gelesen hat, weiß, dass das emotionale Leben auf der Fläche eines handtuchgroßen Spielfeldes stattfinden kann.

Nanoroboter, die wir uns spritzen können, und die dann mit Bauplan und Baumaterial ausgerüstet ein eigenständiges Schwarmleben in uns führen und ihren Job (»Zellreparatur«) erledigen, uns sukzessive durch immortale Materie ersetzen – das ist eine andere Wahnvorstellung dieser Naturwissenschaft als Ingenieurswissenschaft: Sie wollen alle an deinen Plan! Nanotechnologie als Medizinzauber setzt genau an dieser Stelle, bzw. an den Wurzeln menschlicher Ängste an. Eros und Thanatos als Größen mit pitch control. Ewige Jugend und Unsterblichkeit ist wahrscheinlich, was die meisten in die stählernen Büchsen der Cryonics-Tieffrieranlagen treibt – und damit in ein scientologisches Universum, in dem Marktwirtschaft die Ideen von Kapitalismus und Esoterik glücklich verschmelzen lässt.

17.10.01

Identities in the Stream.

Wie ich zum Kenny wurde

Andreas Busche

Die Globalisierungsmaschine Internet macht den Menschen zum ortlosen Weltbürger. Heißt es. Reiße ihn aus seiner kulturellen Verfasstheit und katapultiere ihn somit in ein Stadium der Nicht-Identität. Das ist natürlich alles Quatsch … Das Internet kolonialisiert das transnationale Subjekt, DIE postmoderne Existenz schlechthin, in ganz neuen Organisationsformen. Der Global Citizen erhält wieder freie Verfügungsgewalt über seine General Preferences, anhand derer er sich im virtuellen All den unterbewussten Begehren und anderen subjektivistischen Entgrenzungen hingeben kann, die im wahren Leben in das konditionierte Gefäß seines Körpers zurückgedrängt werden müssen. Alles wird möglich! Express yourself! Sei eine Web-Community! Just be! Eine Enklave der Marginalisierten ist das virtuelle Kenny Rogers-Land, zu finden unter www.menwho looklikekennyrogers.de. Der Domain-Name hat programmatischen Charakter.

Auf den ersten Blick scheint es eine dieser unzähligen Fan/Fun-Sites, die heute als Abfallprodukt gelangweilter Web-Designer mit schlechter Auftragslage im Netz kursieren. Ganz falsch ist das auch nicht. Die Website ist das Relikt eines ursprünglich als Installation geplanten Kunst-Projekts, das aus Zeitmangel schließlich als Website realisiert wurde. Ihr Initiator Jaimie Muehlhausen ist hauptberuflich Web-Designer, was man seiner Seite auch anmerkt. Sie ist sehr übersichtlich strukturiert, nur mit dem

Nötigsten an visuellen Gimmicks ausgestattet und verliert ihr Objekt niemals aus dem Fokus: Kenny Rogers, der King of Country Pop, die weißhaarige Ikone der amerikanischsten aller kulturellen Errungenschaften Amerikas, ein echter Lady's Gentleman und sozusagen die idealtypische Verkörperung des »All American Male«. »Haben Sie nicht auch bemerkt, dass eine Menge Männer ab einem gewissen Alter aussehen wie der Country-Superstar Kenny Rogers?« lautet die eingehende Frage. Hier sind sie alle versammelt, über 450 insgesamt, der Horny Kenny, der Red-Cheek-Kenny, Father in Law Kenny, Punch Myself Kenny etc. – und jeden Tag kommen drei bis vier neue hinzu.

Die Rubrik »Kenny Spotting Tips« zeigt: Der Kenny Rogers-Typ ist ein Universalist, er ist überall zuhause und überall anzutreffen: auf dem Schießstand, in Bars, beim Pferderennen, in der Kirche ... bei Kenny Rogers-Konzerten. Diese gestriegelte weiße Mähne, der adrett gestutzte eisgraue Bart über einer gepflegten Höhensonnenbräune, geziert von einer wallenden Nackenpeitsche sind sein Markenzeichen, gleichzeitig auch die Signifikanten einer neuen Supra-Identität, die das Regional-Spezifische durch die Artenvielfalt des Kenny Rogers-Phänomens weitestgehend nivelliert hat. Jeder darf Teil dieser quasi-kommunistischen, zumindest aber Schlumpfhausen-ähnlichen Community sein, es bedarf nur etwas Phantasie und guten Willens. Parameter wie Authentizität oder Ethnie haben sowieso längst jegliche Bedeutung verloren. In der Kenny Rogers-Gallerie findet man den Canadian Politician Kenny, den Turban Kenny (Bin Laden Kenny?), Spain Kenny und Middle Eastern Kenny. Die entstaatlichten Subjekte haben unter Ihresgleichen eine neue Gesellschaftsform gefunden. Kenny Rogers hatte ab den 70ern durch die Verwässerung mit Softrock- und Pop-Elementen die Globalisierung des Country vorangetrieben, heute sorgen die Adepten für die Globalisierung des Kenny Rogers. Und war es nicht Rogers selbst, der 1983 an der Seite von Dolly Parton, selbst eine Supra-Identität von der perfekten Künstlichkeit eines Atavar-Models, das Lied von den »Islands in the Stream« sang? Den utopischen Enklaven im ewigen (Daten-) Strom ...

Ein Streifzug durch die Bildergalerie der Geklonten zeigt jedoch auch einen Degenerationseffekt am neuen, virtuellen Genmaterial auf. In der konformen Masse der Kenny-Klone lassen sich bereits erste Mutanten ausmachen, die das Bild der Reinheit in der Selbststilisierung stören. Extreme Abweichungen vom Ausgangsmaterial sind jedoch ein kalkuliertes Risiko solcher anti-hierarchischen Gesellschaften. Das Bedürfnis nach einem sozialen und kulturellen Kontext in der Welt der entfesselten Strukturprinzipien macht diese Orte der Zusammenkunft nötig. Mutationen sind hier die entscheidenden Determinanten zur Re-Individualisierung des weitestgehend homogenen Ensembles. Solche kleinen Macken muss sich jede Supra-Identität leisten Können. Willkommen im Kenny-Land!

24.10.01

Ego-Shooter.

Nenn mich Hitler, Amerika oder einfach nur Gott

Krystian Woznicki

Breitbeinig stehe ich auf meinem Surfbrett und gleite im Auto-Pilot-Modus über das wellenschlagende Meer hinweg. Obwohl das Spiel gerade für eine kurze Pause unterbrochen worden ist, halte ich meinen Joystick fester denn je in der Hand. Das Gefühl, ich sei 1,95 m groß, muskulös und mit dem Sieger-Gen ausgestattet, soll schließlich für keine einzige Sekunde abreißen. Auf der Suche nach Action zwischen den anderen Kanälen hin- und herzappend, will ich in der Pause auch nicht in irgendwelche Selbst-Reflexionen verfallen. Denn ich weiß verdammt noch mal ganz genau, wer ich bin: Ein Produkt des kapitalistischen Optimierungsprogramms. Die zweite Generation einer Zivilisationskrankheit, die schon längst zu einem Fall für Kommunikationspathologen geworden ist.

Mir ist es nämlich vollkommen egal, wie es die Leute eigentlich meinen. Obwohl ich sehr genau weiß, dass sich im Grunde alle Bewohner des globalen Dorfes in der Ekstase der Kommunikation sehr bald verausgaben und an ihre Grenzen stoßen, versuche ich auch nicht einmal den Verständigungstherapeuten zu spielen. Nein, ich nutze jede sich bietende Gelegenheit, um mein zerstörerisches Potential zu aktivieren. Ich gehe sogar so weit, dass ich jedes auch noch so beiläufig dahin geworfene Wort auf die Goldwaage lege.

Und wenn es sich dann als entsprechendes Stichwort herausstellt – und das tut es fast immer – reiße ich es unvermittelt aus dem Zusammenhang und nehme es als Ausgangspunkt für eine Großoffensive: In nur wenigen Sekunden blase ich mich auf, werde größer und mächtiger, bis ich dann siegessicher vor Dir stehend meinen machine-gun-talk auf Dich loslasse. Wohl wissend, dass Du es verdient hast (Oh ja: Im Namen der Gerechtigkeit! Lass es Dir gesagt sein: Die gesamte Welt steht hinter mir!). Und ohne Rücksicht auf Verluste. Im Gegenteil: Am liebsten bäume ich mich auf, wenn andere dafür bezahlen müssen. Je höher die entstehende Rechnung, desto exzessiver das Bad in der Menge meiner Egos.

Wie viele ich bin? Das ist allein schon aus strategischen Gründen mein Geheimnis. Je mehr unbekannte Gesichter ich habe, desto größer die Wahrscheinlichkeit, dass ich meine Gegenspieler mit dem Überraschungseffekt in die Knie zwingen kann. Machtspielchen bestreite ich nicht nur mit verdeckten Karten, sondern am liebsten unter wechselnden Namen. Nenn mich Hitler, Amerika oder einfach nur Gott. Doch um mich wirklich begrifflich zu fassen, musst Du Deinen Horizont schon noch ein bisschen erweitern.

Denn ich habe mich längst unter das gemeine Volk gemischt: Der Bauarbeiter, Zeitungsverkäufer, Lehrer, ja, unter vielen anderen ist auch der Arbeitslose mein Wirt. Außerdem lasse ich mich schon seit geraumer Zeit nicht mehr dem männlichen Teil der Weltbevölkerung zuordnen. Ich bin geschlechstübergreifend anzusiedeln und praktisch überall. Dämmert's? Endlich verstanden? Ich bin ein Virus ohne Gegenmittel: gnadenlos, wütend und unberechenbar. Doch so futuristisch und post-modern mein Profil auch scheinen mag, im Grunde bin ich auf dem zivilisatorischen Stand eines Richard Wagner zurückgeblieben. Das hat auch schon ein Pokémon namens Adorno verstanden. Während er mit einem Auge auf mich schielte, hatte er über den Sozialcharakter des Komponisten folgende messerscharfe Worte parat: »Sadistischer Demütigungsdrang, sentimentale Versöhnlichkeit und über allem der Wille, den Misshandelten affektiv an sich zu binden, treten in der Kausistik von Wagners Verhalten zusammen. (...) Er verfolgt seine Opfer bis zur biologischen Fatalität hinab, weil er sich selber als einen erfuhr, der dem Bild des Zwergen knapp entronnen war.«

Kurz: Mein oder nicht mein – das ist hier die Frage.

14.11.01

Im Banne des Clans.

Vernetzter Teamgeist und das Computerspiel »Counterstrike«

Florian Stötzer alias Shikan Bushi

Ich bin jetzt 17 und es ist sehr wichtig für mich, dass ich endlich wieder ein festes Team habe. 8erbahn: In den letzten Jahren haben sich nämlich viele Clans aufgelöst. Sommer 2000 schlossen sich zum Beispiel die Clans A.I.M. und -BDT- zusammen, weil beide zu wenig Member hatten. Frühling 2001 löste sich A.I.M. | -BDT- dann schon wieder auch auf. Einige Monate später hatten der Beste von BDT (Da*Kill@r jetzt NamelessJustice) und ich (GooDboY jetzt ShikanBushi) von A.I.M. die Idee, einen neuen Clan zu gründen. September 2001 war die Webseite fertig, der Name, Berlin Underground Elite, stand fest, und der Clan war somit gegründet. Was ein Clan ist? Man könnte auch Mannschaft sagen. Es ist eine Gruppe von Leuten, die zusammen (meist übers Internet) gegen eine andere Gruppe von Leuten spielt.

Da ich in meinem derzeitigen Clan Leader bin, ist -|bue|- extrem wichtig für mich. Es bedeutet aber auch, dass ich mehr Aufgaben habe. Ja, in einem Clan zu sein, heißt Verantwortung zu übernehmen. Zum Beispiel als War-Org, Webmaster, Leader oder als normaler Fighter. Es geht darum, sich in das Team einzugliedern, wenn das nicht richtig funzt, gehen Clanwars fast immer in die Hose. Wenn jemand gerade 'ne schlechte Phase hat, kann es auch mal sein, dass er ein, zwei Wochen keinen Clanwar mitmacht. -|bue|- nennt sich bewusst Team, weil wir Teamplay als das Wichtigste ansehen. Ob das Teamplay dann auch funzt, ist eine andere Frage.

Clanwars sind meistens sehr viel spannender, als einfaches Zocken, was für mich einer der wichtigsten Gründe ist, in einem Clan zu sein. Man ist auch irgendwie stolz, dabei zu sein, wenn der Clan zum Beispiel einen hohen Rang bei der Clanbase hat – was bei uns noch nicht so ist, kommt aber noch :-). Der Unterschied zum einfachen Fun-Zocken ist, dass es feste Regeln gibt: Es spielen immer gleichviele gegen gleichviele. Zum Beispiel 5vs5 oder 3vs3. Außerdem spielen immer zwei feste Teams gegeneinander.

Gegner suchen wir uns über die Clan Base (CB). Die anderen müssen ungefähr genauso gut sein, wie wir (jedenfalls dem Rang nach). Man füllt ein Standardformular aus, mit Datum, Uhrzeit, Spiellänge, usw. Dann muss der andere Clan nur noch bestätigen. Zwar sind die meisten Clanwars nicht öffentlich, aber es gibt auch Ausnahmen. Zum Beispiel bei Meisterschaften. Auf vielen »Counterstrike«-Seiten, PC-Spielezeitschriften und teilweise auch im TV wird darüber berichtet. Es gibt auch Foren, in denen man sich austauschen kann.

Wir spielen meistens »Counterstrike«, weil man da immer gegen Menschen spielt und nicht gegen irgendeine KI (= Künstliche Intelligenz). Am Anfang war es für mich wichtig, dass ich so viele Frags wie möglich machen kann. Außerdem habe ich natürlich immer versucht Erster zu werden und jetzt im Team gut zu sein. Man will halt einfach gut sein und das auch bleiben.

Ich töte zwar bei »Counterstrike«, aber das ist ein Spiel. Mehr nicht. Ich werde bestimmt auch nicht zur Armee gehen. Gewalt im reallen Leben ist jedenfalls nicht mein Fall. Außerdem wird Gewalt doch schon im Kindesalter vermittelt: Bei »Super Mario« muss man die Monster auch töten. In den Toons wird fast immer gemordet, nur das sie danach wieder aufstehen und weitermachen. Diese Kinderspiele sind auch gewalttätig. Das wird versteckt, weil mit Äpfeln geschossen wird statt mit Kugeln.

»Counterstrike«, »Unreal Tournament«, usw. sind eben für die etwas älteren Kinder. Doch obwohl bei »Counterstrike« Terroristen gegen Spezialeinheiten kämpfen, glaube ich nicht, dass man das Spiel im Anti-Terror-Krieg mobilisieren kann.

16.01.02

Ich bin ein Medium.

Aus dem Leben eines interaktiven Mini-Feuilletons

Anne Schreiber

Click, Du hast mich geöffnet. Vielleicht ist das heute das erste Mal? Wahrscheinlich nicht. Wahrscheinlich kennen wir uns schon länger. Mein Format hast Du vermutlich schon schätzen gelernt, denn ich gehe ökonomisch mit Deiner Zeit um. Ich bin ephemer, flüchtig. Nachdem Du mich gescannt hast, legst Du mich vielleicht irgendwo ab oder löschst mich direkt nach der e-Speed Lektüre.

Als ein Medium der Briefkultur verbinde ich Altes mit Neuem zwischen Schrift und gesprochenem Wort. Es ist teilweise mehrdeutiger Journalismus in Minimalversion gezippt, wobei ich inmitten des anonymen Spamming der eintreffenden Emails mit wenigen Zeilen eine wohldosiert persönliche Atmosphäre bereite. Vielleicht hast Du auch einen Ordner für mich angelegt, der meine Entwicklung nachzeichnet und die Lektüre wiederholbar macht.

Das Ausloten meiner noch jungen Netzidentität jenseits des Newsletters ist auch ein Spiel um Distanz und Nähe. Nachdem ich ein halbes Jahr zuvor zum ersten Mal in Deinem elektronischen Briefkasten in Berlin, Wien und Tokio erschienen war, näherten wir uns in der Weihnachtszeit 2000 vorsichtig an. Ich schmierte Dir Butterbrote: »Und nun Proviant für die kommenden Tage.« Statt wie sonst die High-Tech-Sekretärin zu performen, die Dich per Emailbrief terminlich konfigurierte: »Für die kommenden Tage wären folgende Veranstaltungen im Terminkalender aufzunehmen«, fasste ich mir im Sommer 2001 ein Herz und sprach Dich an. Vielleicht war das zu persönlich, jedenfalls hast Du eine Email zurückgeschickt: »Warum Duzen Sie ihre Leser eigentlich?«

Print, das war für den Ecoschen exemplarischen Leser. Du bist der empirische. Via Rückkanal überschreitest Du Deine Identität als Rezipient und wirst zum Gast, zum Akteur. Als Figur der Kultur- und Medienlandschaft bist Du seit dem Beginn unserer fernmündlichen elektronischen Brieffreundschaft eingeladen, einen subjektiven Erlebnisbericht über die lokale sowie mentale Öffentlichkeit des Berliner Parcours zu schreiben. So hast Du mein Format mitgeprägt, meine noch junge Identität zwischen unverbindlichem Mini-Feuilleton und persönlichem Rundbrief.

Virtueller Treffpunkt ist Deine Emailbox als Schnittstelle zwischen Öffentlichkeit und Privatheit. Mein Impressum liest sich, wie Medienaktivist Gerrit Gohlke feststellte, wie die Spur einer Vernetzung, einer organisch gewachsenen Mikro-Öffentlichkeit oder eines sozialen Kontextes. Kritisiere ich damit etablierte Formate kultureller Produktion? Ich bin wohl eher aus einem inneren Interesse nach Verdauung, Nacherzählung und Reflektion denn einer äußeren Notwendigkeit oder Rechtslage entstanden.

Die Aufforderung zur Interaktion ist aber nicht frei flottierend. Wie gesagt, ich bin ephemer, aber nicht durchlässig und beliebig osmotisch wie eine Membran. Ich gebe den Plot vor, das Setting. Nicht Rauschen sondern Kuration unter Prämissen. Cartoons, Analysen und Ansichten über Cybertrends, gesellschaftliche Phänomene und kulturpolitische Ausnahmezustände bestimmen meinen monatlich wechselnden Betreff. »Du« ist die Tangente in diesem Monat, persönlicher Informationskanal im öffentlichen Diskurs.

13.02.02

II »Wohnst Du noch – oder lebst Du schon?«

Meine Fernbeziehung.

Warum ich eine Krankenschwester werden möchte

Magdalena Taube

Der ganze Hype um die amerikanische Krankenhausserie »Emergency Room« fing bei mir im Alter von ungefähr fünfzehn Jahren an. Im Pilotfilm torkelte George Clooney als Frauenheld und Kinderarzt Dr. Doug Ross über den Bildschirm und mir war nicht bewusst, dass mich diese Serie von nun an begleiten würde: Ich habe alles mitgemacht, die ganzen Sendeplatz- und Sendezeitenwechsel, das lange Warten auf die neueste Staffel und auch das Ausscheiden meiner liebsten Charaktere aus der Serie.

Die Intention dieser Serie, die auf einer Idee von Michael Crichton beruht und von Steven Spielberg produziert wird, ist, den Alltag in einer Notaufnahme so realistisch wie möglich darzustellen und das Klischee der Götter in Weiß, wie Ärzte in Serien häufig dargestellt werden, zu korrigieren. Sowohl Ärzte als auch Schwestern sind in dieser Serie keine Superhelden, sondern Menschen mit ganz alltäglichen Problemen. Nicht die spektakulären Unfälle, die sich in Chicago ereignen, sondern die Charaktere bilden den Kern der Sendung. Von den Hauptcharakteren sind nach acht Staffeln nur noch zwei übrig geblieben, Dr. Green, der demnächst an einem Tumor stirbt, und Dr. Carter, der als Praktikant begann und nun, nach Drogensucht und Entzug, zum Oberarzt befördert wurde.

Für George Clooney, der nach der fünften Staffel ausstieg, war diese Serie das Karrieresprungbrett, sie machte ihn zum Superstar. Die zunehmende Präsenz von Clooney in der Serie hing damit zusammen, dass er in immer mehr Hollywood-Filmen mitspielte. Das war natürlich ideal für mich als Fan – er verdrängte sogar die Poster von Kevin Costner und Bryan Adams von meiner Wand. Eine unvergessliche Szene wird für mich immer jene bleiben, in der Dr. Ross im alten Chevrolet seines Vaters sitzt und über dessen Tod sinniert. Im Hintergrund läuft leise »Take Five« und es wird kein Wort gesprochen, nur sein Gesicht in der Totale – dann Werbeunterbrechung. Die Folge hieß »Väter und Söhne« und war der absolute Höhepunkt meiner Clooney-Manie.

Was damals mein kleines Serien-Universum total erschütterte, war die Tatsache, dass den Menschen vom Synchronstudio die Serie überhaupt nicht so wichtig zu sein schien wie mir. Eine grobe Unstimmigkeit fiel mir nämlich auf. Als Dr. Ross am Ende der einen Folge zu seinem besten Freund Marc Green ging und zu ihm sagte: »Mein Vater ist tot.«, in der Zusammenfassung der Ereignisse in der folgenden Episode wurden ihm dann die Worte: »Mein Vater ist gestorben« in den Mund gelegt. Wie konnte er denn an ein und derselben Stelle zwei unterschiedliche Sachen gesagt haben? Es war mir vollkommen unverständlich. Doch jeder, dem ich davon erzählte, schüttelte nur mit dem Kopf. Es war für einige in meinem Dorf wohl nur schwer nachzuvollziehen, dass man in einer Serie auch mitleben kann. Wenn Dr. Ross die Todesnachricht erhält, dann wird einem selbst ganz mulmig zumute und wenn er nach Kalifornien fährt, um seinen Vater zu beerdigen, fährt man mit. In meinem Kopf passierte eigentlich nichts anderes als in den Köpfen Millionen anderer Teenager, nur, dass mein Idol ein Arzt in einer Krankenhausserie und kein pickeliges Boygroup-Mitglied war.

Kurze Zeit später stieg Clooney aus und ich schwor mir, nie wieder einen Mann so zu lieben wie ihn. Die Produzenten hatten sich etwas einfallen lassen, um den Superstar zu ersetzen, da sie Angst hatten, die ganzen Frauen, die die Serie nur wegen George Clooney schauten, würden nun verloren gehen. Es wurde ein neuer Charakter eingefügt, und zwar der kroatische Arzt Dr. Luka Kovac. Ich schwor mir, aus Treue zu Clooney, diesen Mann zu hassen, das war mir genau für zehn Sekunden möglich, denn dann betete er für eine sterbende Frau auf Kroatisch und um mich war es geschehen. Seine schlimme Geschichte – er hatte Frau und Kinder im Krieg verloren – sah man ihm schon an den Augen an und der ausländische Akzent ließ ihn nur noch geheimnisvoller erscheinen.

Von Goran Visnjic, so der bürgerliche Name von Dr. Kovac, wird sich so schnell kein riesiges Poster in meinem Zimmer finden. Aber ein Platz in meinem Herzen ist ihm sicher. Meine Tele-Beziehung geht weiter …

15.01.03

Cut it out.

Wie hätten Sie es gerne?

Volker Ludwig

Als kleiner Junge hatte ich blonde Haare, engelsgleich – ich habe sie verabscheut. Aber weil in den frühen Siebzigern selbst Walter Ulbricht nichts mehr gegen eine gepflegte Bietmusike einzuwenden hatte, trug ich halblange Loden, lässig über die Ohren wie die Popidole meiner Eltern. All die dicken Tanten standen vor mir und beneideten mich lauthals um eine Lockenpracht: »Ist er nicht süß?!« Geschenkt haben könnt ihr die, ihr alten Vetteln, dachte ich. Ich wollte sowieso Kohlenträger werden. Die waren groß und stark, durften ständig dreckig sein und trugen offensichtlich von Berufs wegen schwarze, glatte Haare. Naja, irgendwas ist dazwischen gekommen, ich bin kein Kohlenträger geworden, doch das ist eine andere Geschichte.

Der erste Barbier, zu dem mich meine Großmutter zerrte, hieß »Salon Hirsch«. Ich weiß wahrlich nicht, welche Kräfte sie aufbringen und mit welchen Versprechungen sie mich locken musste. Die wenigen Erinnerungen verschmelzen in der Vorstellung von Höllenqualen, ewigem Stillsitzen und Millionen von kleinen Haaren, die es trotz zum Ersticken fest gezogener Kräuselkreppkrause bis unter mein Feinrippunterhemd geschafft hatten. Ich bekomme heute noch blutunterlaufene Augen, wenn ich daran denke. Später war es Frau Hoff im Dienstleistungszentrum der PGH, die mich nach allen Regeln der Kunst malträtierte.

Mit Beginn der Pubertät diente mein Kopfschmuck

dazu, meinen Widerstand gegen alles und jeden deutlich auszudrücken. Leider fand sich im Erzgebirge der Achtziger kein seiner Berufsehre verpflichteter Handwerker, der mir den Gefallen tun wollte, meine Fönwelle auf 1 mm zu stutzen. Fortan erledigte diesen Job meine liebe Freundin Jacque und das Frisieren wurde wenigstens dadurch erträglich, dass ich dabei rauchen konnte und wir gleichzeitig Pläne für den Umsturz, ja für die Revolution schmiedeten. Der Umsturz ist zwar gekommen, aber irgendwie ist alles wieder schief gelaufen – bei den Frisuren dieser Zeit kein Wunder.

Obwohl es seit den Neunzigern in Berlin so viele Szenefriseure gibt – Schnittstelle, Vokuhila, Kaiserschnitt, Ponyclub – vergeht sich inzwischen mein Freund Yves an meinem Schopf. Einmal bin ich ihm untreu geworden und gleich in die Fänge eines seiner schwesterlichen Kollegen geraten. Nachher sah ich aus, als wollte ich mich für das Remake von »Manche mögen's heiß« bewerben. Wenn der gute, alte Yves keine Zeit hat, fahre ich deshalb nur noch zum Berbersalon nach Kreuzberg. Dort bekomme ich einen ehrlichen Tee und an der Wand hängt neben dem glasgerahmten Bild von Atatürk ein Tausend-Teile-Puzzle von Willi Brandt. Die von der Decke hängende Schneidemaschine wird über eine quietschende Kardanwelle angetrieben und neulich hat mir der gute Mann mit einem brennenden Stöckchen die Haare in den Ohren abgesengt. Inzwischen akzeptiere ich solche Unannehmlichkeiten, vermutlich ist das sehr erwachsen von mir.

Und dann fahre ich durch die Stargarder Straße und sehe verwirrte und verwuschelte junge Menschen vorm

Headhunter, entweder noch orientierungslos oder schon gescheitert, auf ihren 10-Euro-Schnitt stundenlang warten. Und alle sind supi drauf, wie auf dem Einwohnermeldeamt. Dabei gibt es 100 Meter weiter noch einen wirklich anständigen Friseur. Der sieht zwar aus wie ein Taxifahrer und seine Frau und er haben einen echt rauen Umgangston, aber der Schnitt ist billiger und man kommt jederzeit dran: »Junger Mann, Sie sind anne Reihe. Waschen?« Nee, trocken wie immer. »Also dann, Augen zu und durch!«

27.03.02

Was gibt es zu sagen?

Eine Frage, der immer eine Antwort zuvorkommt

Magdalena Taube

Also das möchte ich gleich klarstellen. Ich hasse kitschige Liebesgeschichten. Die Liebe hasse ich nicht. Ja, man kann das doch ruhig so offen sagen: Meine Persönlichkeit kann als äußerst kompliziert bezeichnet werden. Ich strapaziere die Nerven von allen möglichen Leuten: Meinen Eltern, meinen Lehrern, meinen wenigen Freunden, meinen Geschwistern usw. Nicht, dass die mich nicht lieb hätten, ich habe nur die vage Vermutung, dass sie sich manchmal wünschen, mich nicht unbedingt am Hals zu haben.

Ich hatte nachts einmal die Vision, dass Gott mir die Aufgabe gestellt hat, die Vollendung der kommunistischen Weltrevolution durchzuführen. Ich war total aufgeregt, hab alle im Haus wach gemacht und bin wie wild durchs

Wohnzimmer gerannt, habe dabei versucht, dieses dicke Buch von Marx zu lesen, das bei meinem Vater im Regal stand. Dann hatte ich die Vision, dass diese dicken, unverständlichen Bücher an dem Scheitern der Revolution Schuld waren und ging wieder zurück ins Bett. War ziemlich enttäuscht von Gott. Schlaf ist ohnehin eine unbezwingbare Größe für mich. Vielleicht leide ich an dieser Schlafkrankheit, oder besser gesagt dem Gegenteil davon. Ständig müde, aber immer wach.

Früher habe ich mir immer vorgestellt, dass ich berühmt wäre. Ich habe schon unzählige Interviews gegeben. Irgendwelche Sprachen erfunden und Familien, die ich nie hatte. Ich hab meine Mutter, meinen Vater und eine Schwester, dann noch einen Bruder, irgendwo draußen auf den Weltmeeren. Schon wieder so eine Geschichte. Mein Bruder ist Klempner und arbeitet in Holland. Soviel dazu. Meine Schwester ist das krasse Gegenteil von mir. Sie studiert, so ein Wirtschaftsfachdingsbums. Soll sie ruhig. Ich wollte immer zur Armee, doch jetzt bin ich Pazifistin. Nicht erst jetzt – schon länger. Wollte nur mal rausfinden, ob ich das könnte – einen Menschen töten. Wahrscheinlich schon. Ich bin jetzt nicht total durchgeknallt, könnte es wahrscheinlich ohnehin nicht.

Worum es eigentlich geht, ist mir schon klar. Klare Ziele und Ehrgeiz und Zufriedenheit, wenn man etwas geschafft hat. So funktioniert es bei mir leider nicht. Ich bin aus Prinzip immer unzufrieden. Ich fange etwas an, verliere die Lust und bin nicht traurig drüber. Ich wollte schon alles Mögliche werden. Lehrerin, Ärztin oder hier so eine Art na Managerin für einen riesigen Konzern und dann alle Dateien zerstören … ein schöner Traum. Den Kapitalismus zerstören, mit nur einem Fingerschnippen. Ich hab nichts gegen den Kapitalismus, die Kommunisten finde ich nur irgendwie sympathischer. Ich kann nicht sagen warum. Rennfahrerin. Das wollte ich auch werden. In der Schule ist das manchmal die Hölle, wenn ich meine Antworten sage. Sie fragen mich »Warum?« und ich sage dann »Na jetzt nur aus dem Gefühl heraus …« dann sagen sie, das man etwas »wissen« muss und nicht »fühlen«.

14.07.2003

Ich brauch nen Deutschkurs.

Sprache und Integration im Land von Johann Wolfgang von Kohl

Imran Ayata

Ich lebe seit 34 Jahren in Deutschland. Habe das Abitur mit 3,0 bestanden – die Einrittskarte für das Studium. Mein Diplom mit der Note »sehr gut« hängt als Zeichen ihres Stolzes heute im Esszimmer meiner Eltern. Meine Mutter kam vor 35 Jahren, 13 Monate vor meiner Geburt, nach Deutschland, hat kein Abitur, konnte nicht studieren, spricht gebrochen Deutsch mit turko-schwäbischem Akzent.

Sie zieht meinen Vater auf, weil sein Deutsch nur aus der Imperativform und einem Vokabular von »99 Wörtern« besteht. »Hättest du pro Jahr wenigstens vier Wörter Deutsch gelernt, dann könntest du damit hausieren gehen, dass du mehr als 100 Wörter kannst«, stellt Mutter ab und zu fest. Vater sagt: »Auf Bau arbeiten mit Türken, warum dann Deutschkurs?« Beiden reicht das bisschen Deutsch, um sich in Almanya durchzuschlagen. Mehr war nie gewollt. Wenn ihr eigenes Deutsch auf Behörden, bei der Arbeit oder beim Einkauf im Supermarkt nicht ausreicht, fragen sie meine Schwester, mich oder Kids von Bekannten, ob wir ihnen helfen. Mir selbst macht das nicht wirklich Spaß, weil man hin und wieder erlebt, wie beispielsweise Beamte auf der Ausländerbehörde mit Kanaken sprechen.

Ich weiß von vielen Kanakstern, die sich unermüdlich darüber beschweren, dass Behörden-Alemannen sie mit Sätzen wie »Du bringen bis morgen Unterschrift!« behelligen. Meine Eltern kennen das seit Jahrzehnten; sie ignorieren es. Integration meets Assimilation – nicht mit ihnen. Braucht jede rassistische Absurdität in Deutschland eine diskursive Erläuterung?

Oder bunun anlami ne? Hcstued ruef Regnaefna. Harris meets Sezen y Makabar. Alper onlara uzun hava soeyler. Guezel, çok guezel. Bak, Coskun ve Turgay tempo tutuyorlar. Rueya Hanim, çay demledim.

Ama içen yok? Esta função é útil para tirar de pessoas contra o pordo-sol ou com fundos nocturnos. Ce palais, ainsi que d'autres situes de l'autre ... Utilice este modo para tomar fotos de sujetos que no sean personas. Deniz mahkemeye duesmues, avukati Madonna olsaydi. Dersim doert dag içinde, and le mot no implication fatale. Je detesse hiç kimseyi ama, sevmekte zorlasiyor artik. La notte fumare Muratti Ambassador. Germania bom bok bizler not there wären.

Tikanis, Mano? Xalo, sekena? Ben rueyami geri istiyorum.

Ye bote bok. Discpilnia homre alluere. Tikanis, kalla? Supercallifragelistikexpialigetik. E nuovo ex oriente yabanci. Manga e mia polbere. Hune honoi hunter holl post-divide. Depression ilaçlarini evde unutan adam, Berlin Mitte'de ne yapsin?

Lorem ipsum dolor sit amet, consectetuer adipiscing elit, sed diam nonummy nibh euismod tincidunt ut laoreet dolore magna aliquam erat volutpat. Ut wisi enim ad minim veniam, quis nostrud exerci tation ullamcorper suscipit lobortis nisl ut aliquip ex ea commodo consequat.

Akif Abi, Akif Abiiiiiiiiiiiiiiiiiiiiiiiiiiiiiiiiii Feridun »Guel ve pençe« yi çok sevdi. Re re re, ra ra ra Galatasaray Galatasaray Cim Bom Bom. Fehmi, Serdar, hatun beni sueruenduerueyor. Artik Berlin'e gelin bir demlenelim, olur mu? Ahmet ve Tanil Hoca'yi da çagiririz. Pokerci Aliiiiii, full house ve royal flash huelyamiz olur mu?

Ich brauche einen Deutschkurs. Meine Eltern nicht.

02.07.03

Im Dschungel.

Alle wollen mein Geld

Lena Domröse

»Einen wunderschönen Tag. Ich bin der Rainer und verkaufe die Motz.« Ich senke den Blick. Meine Uhr sagt, dass es jetzt zwei ist. »Seit fünf Jahren lebe ich auf der Straße und würde mich freuen, wenn der ein oder andere mir vielleicht ein Exemplar abkaufen würde.«

Unbeirrt lese ich die Börsenberichte im FAZ-Probeabo des Studenten neben mir. »Das Exemplar kostet ein Euro, wobei die eine Hälfte an den Verkäufer und die andere an wohltätige Einrichtungen wie Suppenküchen, Schlafstuben und Aufwärmcafes geht.« Eine Oma nestelt an ihrer Nachkriegsjacke. »Auch für eine Spende von ein paar Cent oder Naturalien wäre ich sehr dankbar.« Beflissen verdränge ich den Gedanken an mein Ruccola-Parmesan Tramezini aus dem Einstein, das ich in meiner Tasche habe.

Von Ostkreuz bis Zoo kommen neben Rainer mit der Motz auch noch Seppel und Mirco mit Stütze und Straßenfeger durch die S Bahn geschlurft. Alle wollen sie mein Geld. Am Bahnhof Zoo hält mir Ivana aus Bosnien ihr schlafendes Baby und Abdul aus Kabul seinen Beinstumpf entgegen und beide strecken die Hand aus. Ich schaue ihnen nicht in die Augen und gehe kopfschüttelnd weiter. Sechs Stunden später sitze ich in einem Café, schlürfe meinen dritten Martini und rauche Lucky filterlos. Das habe ich mir nach diesem anstrengenden Tag verdient.

Es ist 22 Uhr. Die Tür geht auf, und ein Mann kommt herein. Er geht von Tisch zu Tisch und lässt überall Kärtchen mit kitschigen Ansteckern liegen. »Ich bin Jali aus Bali, taubstumm und obdachlos. Bitte helfen Sie mir mit die Kauf eines Ansteckers (zwei Euro). Haben sie eine Gute Tag.« Als er mit leidender Miene und forderndem Kinn erneut zu mir kommt, wende ich angewidert den Kopf zur Seite. Schon wieder will einer mein Geld. Kurz darauf betritt eine Gruppe mexikanischer Strohhüte das Café und beginnt ohrenbetaubend mit ihren Gitarren zu lärmen. Mir reicht's. Ich rufe die Kellnerin und bitte um die Rechnung.

»Das macht dann 40 Euro, bitte«, sagt sie. Ich zücke mein Portemonnaie und lege meine AMEX auf den Tisch. »Tut mir leid, wir nehmen keine Kreditkarten«, meint die Bedienung und zuckt mit den Schultern: »Tut mir echt leid.« Entnervt suche ich nach ein paar Scheinen. Ich lege ihr zwei Zwanziger hin. Sie wartet. Sie wartet penetrant. Sie will Trinkgeld. Doch da kann sie lange warten. Von mir kriegt sie nichts: »Sorry, hab kein Kleingeld.« Ich stehe auf, nehme mein Jackett und lasse sie stehen.

Ich bin müde und überlege, ob ich mir ein Taxi nehmen soll. Da kommt plötzlich ein Mann im dunklen Anzug aus der Nebenstraße gehetzt. Er erinnert mich an meinen Freund Hary aus München. Hektisch fummelt er an seinem Handy herum und flucht »Shit!« Er reißt seine Brieftasche heraus und schüttelt den Münzinhalt in seine Hand. Verzweifelt blickt er auf und kommt auf mich zu: »Entschuldigen sie, haben sie vielleicht etwas Kleingeld für mich? Ich muss dringend telefonieren. Ein wichtiges Geschäftsgespräch ... Mein Akku ist leer und ich habe kein deutsches Geld im Portmonee. Bin gerade aus den Staaten zurück«, setzt er hinzu. Der arme Teufel tut mir leid. »Das ist mir wirklich unangenehm so zu betteln«, murmelt er beschämt. »Ach, so was kann doch jedem mal passieren«, sage ich großzügig, öffne mein Portmonee und gebe ihm ein Zwei-Euro-Stück. Reicht das? »Ja, natürlich. Haben sie vielen Dank«, erwidert er und eilt zum nächsten Telefon. Ich atme tief durch und nehme mit dem Gefühl, ein guter Mensch zu sein, ein Taxi nach Hause.

10.04.02

III »Go, spin the globe!«

Die Nacht von Berlin.

Es sollte alles zugebombt werden, kein Millimeter frei bleiben

Christopher Kaatz

Kurz nach meinem 16. Geburtstag kam ich nach Berlin. Das war vor zwei Jahren. Es war Sommer. Und es waren Ferien. Der Anfang war nicht so toll. Ich zog in eine WG und es gab immer nur Stress. Der Tiefpunkt: Es wurde bei uns eingebrochen. Unangenehm daran war vor allem, dass es Freunde von meinem Mitbewohner waren. Dann wieder Wohnungssuche. Ich bekam von einem anderen Freund grünes Licht. Der Umzug fand dann in einer Nacht- und Nebelaktion statt.

Zum ersten Mal erlebte ich in dieser Nacht Berlin. Ich merkte, wie mir die Stadt noch immer fremd war, und dass ich wohl deshalb noch nicht zum Sprühen gekommen war. Ich musste mir die Stadt also ersteinmal aneignen. Die Nacht von Berlin. Und das dauerte mehr als ein halbes Jahr: Freunde machen, Kontakte machen zu anderen Writern (vor allem im Mauerpark bekam ich ein paar Tipps), Runden drehen in der Nachbarschaft etc. Einmal war ich dann mit einem Kumpel Nightclubben und hatte den letzten Bus verpasst. Das verschaffte mir eine großartige Gelegenheit: Ich musste mich ohne Stadtplan zurechtfinden.

Ich lernte die Gassen und Seitenstraßen kennen. Guckte mir schon ein paar Graffiti an. Fand auch schon ein paar Wände. Die Stellen merkte ich mir. Und ging daraufhin dann immer dort hin.

Es war immer die gleiche Route, die gleiche Zeit (circa 3 Uhr) und immer das gleiche Ritual: Ich hockte mich ins Gebüsch und lauerte circa 30 Minuten lang. Das machte ich ein paar Mal und nahm irgendwann, als ich mich sicher fühlte, ein paar Dosen mit. Das war der Beginn meiner Sprayer-Laufbahn in Berlin. Ich kam dann schnell in einer Crew namens »Inc.« unter und wurde dann auch in die Regeln eingewiesen. Was mir neu war: Die Crews in Berlin Kämpfen wie Gangs gegeneinander um Territorium und Respekt.

Dann kam die Nacht der Nächte. Wir hatten Monate im Voraus eine große Aktion geplant. Mit circa 18 Mann wollten wir auf einem Bahn-Yard sprühen. Da standen acht Trams rum. Schön gelb und neu. Ganz glatte, saubere Flächen. Sehr einladend das Ganze. Wir teilten uns diese acht Trams. Zwei Mann eine Tram. Die Methode: End to end, was heißt: Es sollte alles zugebombt werden, kein Millimeter frei bleiben. Hauptsächlich haben wir Chrome-Runners gemalt, sprich: silber fill in, outline schwarz. Das ganze war eine richtige Orgie. Wir hatten Musik dabei. Jeder hatte einen Walkmann, aber nur auf einem Ohr, wegen der Verständigung. Ich hatte Def Cut laufen. Elektronische Musik, Breakbeats. Alt, von '95 oder so, aber echt cool. Alle vermummt, Sturmmasken. Dunkle Kleidung. Naja, halt wie so ein Ninja-Kommando. Und so schnell wie Ninjas wollten wir sein. Die Aktion sollte nicht länger als eine

Stunde dauern. Denn wir wussten: Von drei bis vier Uhr war keiner auf dem Yard. Das hatte uns ein Informant gesteckt. Ein Freund, der dort gearbeitet hat als Reingungsangestellter.

Doch auch die andere Seite schien ihre Informanten zu haben. Einer von uns hatte zwar aufgepasst, doch der war so von der Aktion fasziniert, dass er uns nicht warnen konnte. Von allen Seiten kamen plötzlich Männer. Blaue Arbeitskleidung, gelbe Streifen. Offenbar Wachpersonal von der BVG. Es müssen mindestens 40 gewesen sein. In Zweier-Teams haben sie uns umstellt und sind dann auf uns los.

Wir haben versucht, mit den Dosen auf sie einzuschlagen, doch was soll man machen, gegen vierzig Mann? Sie haben uns einfach festgehalten bis die Polizei kam. Vier Sixer. Mannschaftswagen, hässlich und alt, genauso einladend ... Anyway, die haben uns aufs Revier gefahren: Vernehmung. Einzeln. Jeder in einem Zimmer. Protokolle wurden aufgenommen. Alle Daten. Fingerabdrücke. Fotos wurden uns gezeigt von anderen Graffiti in der Stadt. Uns wurde unterstellt, dafür verantwortlich zu sein. Wir haben das natürlich abgestritten. Eine Woche später kamen sie unangekündigt mit einem Durchsuchungsbefehl in unsere Wohnungen und haben alles auf den Kopf gestellt. Dann kam noch eine Vorladung beim Gericht. Da ich in Berlin noch keine Akte hatte, kam ich nur mit einer Verwarnung davon. Zum Glück.

Eine Woche später: Ein Treffen unserer Crew. Die Location, ein altes Haus, das leer steht. Irgendwo in Weißensee. Bei der Sitzung haben wir über die Zukunft gesprochen.

Düse, ein Kumpel, der bei der Aktion nicht dabei war, stellte irgendwie lauter komische Fragen. Auch an seinem Gesichtsausdruck merkten wir, dass da irgendwas nicht stimmt. Wir pressten an dem Abend dann einiges aus ihm heraus. Wir erfuhren, dass er eigentlich in der CBS-Crew war. Also im feindlichen Lager. Dann war plötzlich alles klar. Düse hatte uns bei der BVG verpfiffen. Die Einzelheiten kamen nie ans Tageslicht. Aber unsere Crew ist dadurch noch enger zusammengewachsen. Wir nehmen jetzt keine neuen Mitglieder mehr auf und passen jetzt noch mehr auf.

19.03.03

Rhymen ohne Bücher.

Rapjugend zwischen Martinique, Frankreich und Deutschland

Paul Thérésin

Ich bin in Berlin geboren und jetzt 14 Jahre alt. Mein Vater kommt aus Martinique, das ist so 'ne Kolonie von Frankreich gewesen und meine Mutter ist Deutsche. Ich hab zuerst Deutsch Zuhause gelernt. Mein Vater hat mit mir am Anfang immer auf Französisch gesprochen und irgendwann nach 'ner Weile gar nicht mehr, dann nur noch auf Deutsch. Aber trotzdem hab ich Französisch nicht vergessen. Ich hab oft meine Großeltern in Frankreich besucht und ich war im Sommer immer im französischen Ferienlager. Diesen Sommer werde ich meine Oma in der Karibik besuchen. Ich bleibe für'n paar Monate und werde da die ganze Zeit Französisch sprechen. Dann geh ich noch für'n Jahr zu meiner Tante nach Frankreich und bekomm noch mehr Sprachpraxis. Im Augenblick sprechen wir Zuhause eigentlich nur Deutsch. Außer mit meiner kleinen Schwester, mit der spreche ich manchmal auch Französisch.

Wenn ich am Wochenende mit meinen Freunden unterwegs bin, dann gibt's manchmal voll den Sprachmischmasch. In der einen Ecke wird dann Portugiesisch geredet, die andern reden Französisch und die andern dann wieder 'ne andere Sprache. Aber Deutsch können alle. Verständnisprobleme gibt's da nicht. Es geht immer nur: »Ey, die Mulatten sind die Besseren!«, und dann sagt ein anderer: »Nee, die Nigger sind die besseren.«, und dann noch einer: »Nee, die Weißen!« Und manchmal beleidigen wir uns dann gegenseitig in Sprachen, von denen wir wissen, dass die anderen sie nicht können. Und zum Schluss gehen wir dann nach Hause und sagen auf Deutsch »Tschüss«. Dann ist alles okay.

Wenn wir jetzt Deutsch mit 'ner andern Sprache mischen, dann meistens mit Englisch. Und meistens spontan. Wenn ich mit jemandem rede, dann sag ich manchmal: »Morgen geh ich in die Disco und hol mir 'n paar Mädchen, you know what I mean?« Und dann sagen die andern voll: »Yes!«

Über meinen Vater bin ich zur Musik gekommen, weil er Musiker ist. Eigentlich ist er Trommler, aber inzwischen spielt er auch Dudelsack, weil man damit richtig viel Kohle verdienen kann. Er hat mich früher, als ich noch total klein war, immer mitgenommen zu Konzerten und so und dann haben wir zusammen getrommelt.

Heute mache ich Musik mit meinem besten Freund Tonito. Wir rappen zusammen und gehen noch zur Schule. Am liebsten wollen wir mit Rappen später Mal Geld verdienen. In den Discotheken, die nennen uns alle immer »Ying Yang Twins«, weil wir immer alles zusammen machen. Wir sind best friends, so seit der fünften Klasse. Das ist noch nicht so lange, aber trotzdem sind wir best friends. Wir haben uns kennengelernt, weil ich nicht auf Klassenfahrt mitgefahren bin und dann musste ich halt in die Parallelklasse und da war Tonito und dann haben wir immer zusammen gerappt, so Freestyle in der Pause, darüber, was wir dumm fanden an den Lehrern und die andern in der Klasse ham sich das auch angehört. Und so sind dann Tonito und ich Freunde geworden.

Unsere Crew heißt »Black United Power«. Das sind sechs Leute. Und dann sind wir noch in einer anderen Crew, XdaFrix. Die haben schon Videoclips und alles. Da sind richtig viele Leute drin. Bestimmt 40 oder 50. Alles Rapper, sind fast alle schwarz. Und wir sind, glaub ich, die einzigen Mulatten da drin. Und dann gibt's noch ein paar Weiße.

Vor kurzem haben wir bei der Aktion »Schreib Deine Geschichte« von der Multikulti-Seite mitgemacht. Da sollten Migrantenkinder ihre Geschichten erzählen. Die Freundin von meiner Mutter, die arbeitet da und die hat gesagt: »Rappt mal was vor«. Da haben wir dann den Rap »Berlin Bounce« beigesteuert. Den haben wir schon in der sechsten Klasse geschrieben. Das ist unser Standardtext, den rappen wir immer als erstes. Darin geht's um die Stadt Berlin. Was uns gefällt und was scheiße ist und so. Und an einer Stelle sagen wir auch: »Die Welt wird zerfallen, durch Krankheiten wie AIDS, SARS und Quallen«. Wir rappen über Themen, die uns nahe gehen. Wir haben bei der Aktion mitgemacht, klar, weil wir Fame wollten. Aber wir fanden auch die Idee cool, dass Migrantenkinder ihre Geschichten erzählen.

Beim Rappen ist Sprache das Wichtigste. Klar, die Musik und der Beat zählen auch, aber die Rhymes müssen hinhauen. Wir schreiben unsere Texte eigentlich unabhängig voneinander und dann gleichen wir die immer ab. Also mixen das Beste aus unseren Texten zusammen. Die Musik für unsere Raps, die machen wir dann selber am Computer. Wir haben auch schon was aufgenommen, aber dafür sind wir dann extra zu so 'nem Tonstudio gefahren.

Wir rhymen ohne Bücher. Du hast da ein Wort und dann musst Du halt schnell suchen, was dazu passt, irgendwas, das sich reimt. Auf Deutsch zu rappen, das gibt's jetzt noch nicht so lange wie auf Englisch. Aber für uns war von Anfang an klar, dass wir auf Deutsch rappen. Früher konnten wir halt noch kein Englisch, deswegen ham wir halt erstmal auf Deutsch probiert und jetzt fangen wir auch an auf Englisch zu rappen. Also so'n Mischmasch. Und trotzdem bleiben wir noch beim Deutschen, weil wir kommen halt zur Hälfte aus Deutschland, da muss man halt zu steh'n. Also um's mal kurz zu fassen: Deutsch ist einfach unsere erste Muttersprache und deswegen rappen wir auf Deutsch, aber ist schon cool, das auch zu mischen. Auch wenn Deutschrap ziemlich geil ist, kommen unsere Vorbilder fast alle aus den USA, also Tupac Shakur, 50Cent, Busta Rhymes und so.

Ich find, Deutsch passt auch eigentlich zu jedem Flow so. Man könnte ja jeden englischen Text auch auf Deutsch verfassen. Das würde ja auch klingen, aber nur für die Deutschen halt. Über Deutsch wird gesagt, dass es so abgehackt klingt und lahm und ohne Flow. Im Gegensatz zum Französischen, wo alles so ineinander fließt. Aber ich find, Deutsch hat auch manchmal seine Vorteile. Zum Beispiel wenn man jetzt Freestyle rappt und dann alles am fließenden Band machen muss wie bei Französisch, dann ist Deutsch manchmal besser, weil man noch zwischen zwei Worten noch kurz überlegen kann, was als nächstes kommt.

Meine Message für die Leser von der Berliner Gazette ist: »Der Tod ist sicher, das Leben nicht.« Der Spruch ist aus meinem Lieblingsfilm »Hustle and Flow«. Da geht's darum, dass man das Leben halt genießen soll. Halt das hier und jetzt so.

20.09.06

Auch Du hast Feuer.

Kulturbrückenbau der anderen Art

Aletta Rochau

Immer mehr Deutsche wollen endlich ihre spanische Seite entdecken. Die Sprache bildet dabei natürlich die erste Brücke zu jener Kultur der Feierlust und Lebensfreude. Adios dem beengenden Deutschtum, rein ins Latino-Feuer. »Ich mach jetzt jeden Mittwoch einen Spanischkurs« heißt es da zum Beispiel stolz in meinem WG-Dunstkreis, wobei die Erkundung des spanischen Selbst nun zwischen Verbtabellen und Vokabellisten so richtig ausgelebt werden soll.

Spätestens nach der fünften gescheiterten Übersetzung wird dem Lernenden dann klar, was er sich da eigentlich eingehandelt hat und stürzt sich stattdessen samt Freundin in den Salsa-Kurs. Die davon ausgelösten Erfahrungsberichte und Vorführeinlagen verschonen mich leider nicht, obwohl mein geistiges Auge doch schon längst gesehen hat, wie Paco Vicente Parua de Salonzo zum ersten gehemmten Trippel-Schritt animiert und die ersehnte spanische Leidenschaft bei verhedderten Drehungen zum Greifen nah war. Dem Kulturaustausch sei dank.

Dabei sind solche Verrenkungen doch gar nicht nötig. Lernten wir in Sprachkursen die wirklich wichtigen Wörter kennen, hätten wir schon längst erfahren, dass in manch einem Deutschen ein echter Spanier schlummert. Diese Einsicht muss nicht mir vorbehalten bleiben. Auch wenn der Weg, auf dem ich die Spanier in uns entdeckte, ein unteilbar persönlicher war.

Alles fing mit meinem liebenswerten spanischen Freund Carlos an, der im letzten Winter als Praktikant einer chilenischen Vermarktungsfirma den landestypischen Wein unter die Berliner Händler bringen sollte. Beschwipst vom Probetrinken mit einem potenziellen Abnehmer, wollte er noch etwas zur Verkaufsstatistik des Weinladens herausfinden, in dem er sich befand.

»Oh, das tut mir leid«, entgegnet ihm der Mitarbeiter freundlich, »da müssten Sie Herrn Kuhlow fragen. Der ist aber erst morgen wieder da.« Carlos verschluckt sich am

Bordeaux und seine bereits alkoholroten Wangen verdunkeln sich weiter, als er versucht, sein Lachen im Halse stecken zu lassen. »Herr wer …?«, giggert Carlos zurück. »Kuhlow, der ist die rechte Hand vom Chef!«, empört sich der Mitarbeiter und guckt Carlos schief von der Seite an. »Entschuldigung, können Sie es bitte etwas deutlicher sagen. Sie wissen, mein Deutsch …«, heuchelt dieser zurück und lässt sich abermals genüsslich den Namen wiederholen. El culo. Der Arsch. Und das auf nüchternen Magen und zwei Gläsern Roten intus.

Natürlich kehrte Carlos am nächsten Tag in den Weinladen zurück, um Herrn Kuhlow persönlich zu treffen, stellte ihm seine Fragen, amüsierte sich heimlich und malte sich aus, wie Herr Kuhlow an der Costa Blanca im Hotel eincheckt und sich über die zitternden Oberlippen des spanischen Rezeptionisten wundert.

Doch all das war Carlos immer noch nicht genug und so forschte er mit mir weiter nach spanischen Fäkal- und Genitalausdrücken in deutschen Nachnamen. Im Berliner Telefonbuch stießen wir erstmal auf 21 weitere culos, äh, Kuhlows sowie einen Herrn Pietscher und googelten im Internet noch einen Herrn Peuer heraus. Dass die beiden Letzteren klanglich entweder Penis (picha) oder Schwanz (polla) heißen, verband Carlos und mich nicht nur in lachender interkultureller Zweisamkeit, sondern zeigte uns auch, dass sich die Deutschen gar nicht so viel abverlangen müssten, um Brücken nach Spanien zu bauen.

Mehr noch: Wer sich in Missverständnissen und dreckigen Doppeldeutigkeiten verliert, kann einander auch näher kommen. Die Wortspiele, die sich Deutsche und Spanier zwecks Kennenlernens zusammenreimen können, machen aus Lost in Translation bestenfalls eine Win-Win-Situation. Statt »Haste mal Feuer« – das auf das spanische Wort follar = ficken anspielt – kann es weitaus eleganter heißen: Entschuldigung, sind Sie nicht der Herr Peuer?

09.11.05

Mahlzeit in Übersee.

Wie ich Kulturaustausch zwischen Kambodscha und Deutschland praktiziere

Hok Dany

Ich bin Mitarbeiter in dem kambodschanischen Restaurant »Angkor Wat«, das meinem Onkel gehört. Eigentlich ist er nicht mein Onkel, er ist aber wie ein Onkel für mich, manchmal sogar wie ein Vater. Asiaten sehen oft einen älteren Bekannten, der sich um sie kümmert, mehr als einen Verwandten an, denn als einen Bekannten. Meine Familie wurde während der Zeit unter Pol Pot ermordet, ich bin der einzige Überlebende. Im Februar des Jahres 1988 bin ich in die ehemalige DDR gekommen, um dort eine Ausbildung als Werkzeugmacher zu absolvieren. Doch so einfach, wie es sich jetzt anhört, war es nicht.

Nach dem Krieg habe ich meinen Onkel wiedergefunden und er hat mich adoptiert und in seine Familie aufgenommen. Ich bin wieder zur Schule gegangen und habe fleißig gelernt. Mein großer Traum war es, im Ausland zu studieren. Mein Onkel hat mich in meinem Wunsch bestärkt und mir die Antragsformulare mitgebracht. Die Länder, die zur Auswahl standen, waren die Sowjetunion, Polen, Tschechoslowakei, Kuba und die DDR. Eine Voraussetzung für einen Studienaufenthalt im Ausland war der Abschluss der 10. Klasse.

Der erste Antrag war erfolglos und ich war sehr enttäuscht. Doch mein Onkel sagte mir, ich solle geduldig sein und weiter lernen und es im nächsten Jahr nochmal probieren. Ein Jahr später bin ich nach Hause gekommen und mein Onkel war guter Laune. Nach dem Essen sollte ich noch bei ihm bleiben und er sagte mir, dass ich im Ausland studieren könne. Ich fragte wo und er sagte »DDR«. Welchen Beruf man erlernen würde, konnte man zu dem Zeitpunkt allerdings noch nicht sagen.

Zehn Studenten konnten in jenem Jahr in der DDR lernen. Kurze Zeit später wurde bekannt, dass ich Werkzeugmacher lernen würde und ich war sehr glücklich, weil ich auch mit Maschinen arbeiten konnte, wie mein Vater es einst getan hat. Mein Vater war Ingenieur gewesen. Als Werkzeugmacher konnte ich sein Erbe fortführen. Noch in Phnom Penh habe ich mir auf dem Markt ein Lehrbuch für die deutsche Sprache gekauft. Und dann ging alles ganz schnell. Wir sind mit dem Auto von Phnom Penh nach Saigon gefahren und nach einigen Tagen nach Hanoi geflogen. Von dort sind wir über Leningrad nach Berlin-Schönefeld geflogen. Dort haben unsere Betreuer uns abgeholt. Wir sind nach Neubrandenburg gefahren, wo wir einen Sprachkurs absolvierten.

Nach dem Sprachkurs sind wir in unser neues Zuhause in einem kleinen Ort bei Weimar umgezogen. Dort habe ich gelernt und in einem Betrieb gearbeitet. Die Ausbildung, die Umgebung, die Landschaft haben mir sehr gut gefallen und auch mit den deutschen Lehrlingen habe ich mich gut verstanden. Leider konnte ich meine Ausbildung nicht zu Ende bringen, weil im Herbst 1989 die Wende kam. 1991 wäre ich mit meiner Ausbildung fertig gewesen. Doch noch heute habe ich freundschaftlichen Kontakt mit meinen Betreuern und meinem Meister. Mein Vater hat mir ein kambodschanisches Sprichwort eingeprägt: Auch wenn das Schiff ablegt, bleibt das Ufer.

Nach der Wende habe ich den Besitzer des Restaurants »Angkor Wat« kennengelernt und arbeite nun für ihn. 1990 wurde das Restaurant eröffnet. Seit fast 20 Jahren lebe ich nun schon in Deutschland, habe die deutsche Staatsbürgerschaft und empfinde Deutschland als meine zweite Heimat. Es ist am Anfang nicht einfach, mit den Deutschen warm zu werden, doch wenn man einmal ihr Vertrauen gewonnen hat, kann man auf sie zählen und sie stehen einem mit Rat und Tat zur Seite. Sie sind korrekte Menschen. Manchmal, wenn ich Kambodscha besuche, sehne ich mich nach Deutschland zurück. Hier sind meine Freunde, ich kann in Cafés und ins Kino gehen. Ich kann shoppen gehen, was bis vor kurzem in Kambodscha noch schwierig war.

Vor zwei Jahren habe ich meine Frau kennengelernt. Sie ist auch aus Kambodscha. Zusammen haben wir eine kleine Tochter. Ich bin auch der Vorsitzende der Studiengemeinschaft Kambodschanische Kultur e.V. (SGKK) in Berlin und ich helfe im Verein Kambodschahilfe e.V. mit. Beide Vereine konzentrieren sich mittlerweile auf die Hilfe für

Kambodscha. Die SGKK repräsentiert außerdem die kambodschanische Kultur in Deutschland. Eine unserer größten Veranstaltungen ist das Khmer-Neujahr im April eines jeden Jahres.

Nach dem Krieg und den schwierigen Zeiten in Kambodscha muss man dem Land und den Leuten helfen, mit finanziellen Mitteln, Arbeitskraft, Wissen, und Öffentlichkeitsarbeit. Mit unserem Restaurant »Angkor Wat« tragen wir dazu bei, die kambodschanische (Ess-)Kultur in Deutschland, speziell in Berlin, zu verbreiten. Die Leute kommen in unser Restaurant, um einen Vorgeschmack auf das Land zu bekommen, und sie kommen nach ihrem Aufenthalt wieder zu uns, um die einmalige Kultur Kambodschas noch ein bisschen zu spüren. Manche entscheiden sich sogar, nach einem Besuch im »Angkor Wat« (Paulstrasse 22, Berlin-Tiergarten), das wirkliche Kambodscha, seine Menschen und Kultur erleben zu wollen.

09.03.05

Der lange Weg nach Mitte.

Als ich eines Tages aufwachte, waren minderjährige Ego-Shooter an der Macht

Samy

Ich komme aus einer sehr reichen Familie aus der Hauptstadt Kambodschas – Phnom Penh. Viele meiner Verwandten waren Regierungsangestellte. 1972 hat mich meine Großmutter in die Provinz Kompong Chnang zu meinem

Onkel geschickt. Mein Onkel hat dort mit seiner Frau und seinen Kindern gelebt und als Arzt gearbeitet. Dort habe ich gelebt, bis 1975 der Krieg anfing.

Bevor der Krieg kam, lebte ich im Paradies. Ich war ein verwöhntes Enkelkind meiner Großmutter, konnte die Schule besuchen, Fremdsprachen lernen und hatte ein sorgenfreies Leben. Und auf einmal lebte ich in der Hölle. Als ich zwischen 12 und 13 Jahre alt war, kamen die Roten Khmer an die Macht. In dieser Zeit musste ich 15 bis 17 Stunden am Tag arbeiten, sieben Tage die Woche. Ich war unterernährt.

Ich merkte, dass ich mich ändern musste. Was ich an Luxus erlebt hatte, die Fremdsprachen, die ich kannte, den Sprachstil, den ich benutzte, musste ich ändern. Ich musste so tun, als würde ich alles vergessen. Ich musste alles von weiß auf schwarz drehen.

Zuerst wollten die Roten Khmer wissen, wo ich herkomme, welchen familiären Hintergrund, Schulbildung und Sprachenausbildung ich habe. Sie wollten genau wissen, was für ein Mensch da vor ihnen stand. In dieser Zeit hat jeder versucht, sich selbst zu retten. Man vertraute seiner Mutter nicht, dem Bruder nicht, dem Onkel nicht. Die Menschen haben sich gegenseitig verraten, um das eigene Leben zu retten.

Während des Krieges gab es sehr wenig zu essen. Irgendwann habe ich Essen geklaut, weil ich so hungrig war. Unter den Roten Khmer war es verboten, Früchte von Bäumen zu pflücken, die eigentlich öffentliches Eigentum waren. Diebe wurden bestraft. Das letzte Mal, als ich wegen Klauen erwischt wurde, hatte ich von einem kleinen

Familienbauernhof einen getrockneten Fisch gestohlen. Als sie mich geschnappt haben, haben sie mich festgebunden und geschlagen. Dann kamen die Roten Khmer. Die Roten Khmer waren keine Erwachsenen, sondern sie waren so groß wie ich, 13, 14, 15 Jahre alt und trugen Pistolen und Gewehre. Doch ihre Gehirne waren von Gewalt und Brutalität fasziniert und auf diese programmiert.

Sie haben ganz laut gerufen »Guckt mal den Verbrecher an, den Verräter, den Amerikaner!«. Dann haben sie ihre grausamen Spielchen mit mir gespielt. Sie haben mich gefesselt, meine Arme waren gebunden, wie die Flügel eines Papageis. Dann haben sie mir eine Augenbinde umgelegt und mich mit einer Schnur an ein Fahrrad gebunden, hinter dem ich her rennen sollte. Weil ich nichts sehen konnte, bin ich oft gestürzt. Dann haben sie mir die Augenbinde abgenommen und ich musste weiter rennen.

Nach diesem Vorfall habe ich beschlossen, mich total zu ändern. Um ein neues Leben anzufangen, musste ich mich selbst darum betrügen, wer ich war, wo ich herkam, was ich wusste. Also habe ich mir gesagt, dass ich auch ein Roter Khmer bin. Von da an war ich ein Waisenkind ohne Verwandte und ich kannte keine Fremdsprachen. Um bei den Roten Khmer zu überleben, habe ich bei Null angefangen.

1979 haben mich die Roten Khmer zum dritten Mal geschnappt, wieder beschimpften sie mich als Verräter. Diesmal führten sie mich ungefähr einen Kilometer in den Wald, wieder mit verbundenen Augen. Ich wusste nicht, wo ich war, ich habe nur die Äste und Zweige gespürt, die mich am Arm berührten. Dann haben die Soldaten miteinander geredet, was sie mit mir machen sollen. Da dachte ich, mein Leben wäre gleich zu Ende. Und vielleicht, so dachte ich, wäre es auch besser so. Dann habe ich angefangen, zu beten und zu meditieren, wie es meine Großmutter mir gezeigt hatte. Dann haben sie eine Art Hacke an mein Genick gelegt. Sie haben gesagt, ich solle aufhören zu reden und zu quatschen und zu meditieren, da mir kein Gott helfen wird. Irgendwann später haben sie mich eingesperrt und zwei Tage habe ich nur Wasser bekommen. Nach zwei Tagen, haben sie mich gefragt, ob ich bereue und ich sagte »Ja«. Ich bat um Verzeihung.

Später in dieser Nacht bin ich geflohen. Im Wald habe ich andere Leute getroffen, mit denen ich nach Thailand ging. Ich war ganz allein, keine Verwandte, keine Familie war mit mir. Ich war hilflos und einsam. Es war schlimm. In Thailand hat mich eine thailändische Familie aufgenommen und ich habe durch Zuhören die Sprache schnell verstanden. Dann bin ich in das Flüchtlingslager des Deutschen Roten Kreuzes gekommen. Dort bin ich zur Lagerinformation gegangen und habe Informationen über meine Verwandte im Ausland bekommen.

Eine meiner entfernten Tanten ist 1972 nach Los Angeles ausgewandert. Aus dem Flüchtlingslager an der Grenze konnten einige Menschen ins Ausland gehen. Wenn man Verwandte im Ausland hatte, ging es natürlich schneller.

Im Lager habe ich auch erfahren, dass mein Vater noch am Leben war und in Deutschland lebte. Noch vor dem Krieg ist er in die ehemalige DDR gegangen, um dort zu studieren. Er war nicht unter den Kambodschanern gewesen, die aus dem Ausland kommend, auf dem Flughafen von Phnom Penh erschossen wurden. Das hatte ich aber die ganze Zeit gedacht.

Mit 19 kam ich schließlich nach Deutschland. Ich habe hier keine Schulausbildung oder Lehre gemacht. Am Anfang war es nicht einfach, mit meinem Vater unter einem Dach zu wohnen. Nach einer Weile habe ich meine eigene Wohnung bekommen und angefangen zu arbeiten. Ich habe alles gemacht, Tellerwäscher, Reinigungskraft, Kellner. Bis heute habe ich sehr viel Erfahrung in vielen verschiedenen Jobs gesammelt und zahle seit 20 Jahren in Deutschland Steuern. Ich habe auch die deutsche Staatsbürgerschaft. Mein Vater und meine Halbgeschwister leben auch in Berlin. Ich habe wieder regelmäßig Kontakt zu meinem Vater. Meine Mutter lebt noch in Kambodscha, ich unterstütze sie finanziell, so gut es geht.

Eine Wahrsagerin hat mir einmal gesagt, dass ich erst im Alter glücklich werde. Ich wünsche mir, dass ich irgendwann genug Geld haben werde, um eine traditionelle Zeremonie für meine verstorbene Großmutter zu machen. Sie war die wichtigste Person in meinem Leben. Und ich möchte gerne einige der vielen Pagoden in Kambodscha unterstützen.

23.03.05

Verschenkte Zeit.

Die Arbeitswelt aus einem negativen Blickwinkel

Christopher Kaatz

Alles fing damit an, dass ich an einem Mittwoch im letzten Oktober in die Zeitung schaute, um nach Jobanzeigen zu suchen. Es war eine Telefongesellschaft, die einen jungen Mitarbeiter suchte, bei der ich anrief. Am anderen Ende der Leitung meldete sich eine temperamentvolle Dame. »Schönen guten Tag, Sie melden sich bestimmt wegen der Anzeige in der Zeitung, oder?« fragte sie. »Ja das ist richtig!« war meine Antwort. Dann fragte ich sie, ob die Stelle noch zu haben sei. Daraufhin meinte sie: »Ja, da hast Du Glück, Du bist der Erste, der anruft. Pass auf, wir brauchen dringend einen neuen Mitarbeiter, hättest Du ab Sonntag schon Zeit?« »Ja klar«, sagte ich prompt. Daraufhin sagte sie: »Dann holen wir Dich um 18 Uhr vom Bahnhof in Brandenburg ab und bringen Dich zur Unterkunft. Ist das okay für Dich? Dann bis Sonntag.«

Am Sonntag fuhren mich mein Opa, meine Oma und meine Mutter mit dem Auto nach Brandenburg. Dort angekommen, mussten wir noch ein wenig warten, bis ein blauer Transporter mit getönten Scheiben der Marke VW vorfuhr. Ich nahm mein Gepäck, verabschiedete mich von meiner Familie und ging Richtung Auto. Stumm packte ich meine Sachen nach hinten und setzte mich danach auf den Beifahrersitz. Unterwegs zur Unterkunft nahmen wir noch zwei weitere Mitarbeiter auf. Dort angekommen, zeigte man mir mein Zimmer, das ich noch mit zwei anderen teilte. Ich ging danach runter in den Keller, wo die Küche und der Gemeinschaftsraum waren, und stellte mich dort den elf Mitarbeitern vor. Am nächsten Morgen ging's los. Ich bekam Arbeitskleidung und eine Mappe mit der Aufschrift der Firma. Mit zwei blauen Bussen fuhren wir los Richtung Berlin. Nacheinander ließ uns Chef in Dörfern aussteigen, bald waren die Busse leer.

Am Ende waren nur noch der Ötzi und ich übrig geblieben – er sollte mich einarbeiten. Wir stellten das Auto in einer Seitenstraße ab und gingen zu Fuß weiter. Er ging an eine Haustür, klingelte und kurze Zeit später machte ein Mann die Tür auf. Der Ötzi rasselte seinen Text runter, um dem Ahnungslosen einen Telefonvertrag anzudrehen. Das Grundgespräch: »Schönen guten Tag, Firma S. Telekommunikation. Es geht ums Telefon. Einen Telefonanschluss der Deutschen Telekom besitzen Sie ja sicherlich und telefonieren auch ausschließlich über die Deutsche Telekom, oder? Haben Sie sich denn dann die letzte Telefonrechnung richtig angeschaut? Dann hätten Sie ja eigentlich wissen müssen, warum ich heute bei Ihnen bin. Die Grundgebühr hat sich nämlich erhöht, darum bin ich ja auch da. Sie sollen jetzt nicht mehr zu den alten Preisen telefonieren, sondern zu weitaus günstigeren Preisen. Das, was ich heute mit Ihnen mache, ist ja kein Vertag (denkste), den haben Sie ja schon abgeschlossen, als Sie ihr Telefon angemeldet haben. Das, was ich mit ihnen heute mache, muss ich mit allen Telekomkunden heute machen. Das ist heute die allgemeine Voreinstellung eines günstigen Tarifs über die Deutsche Telekom. Ich nehme dazu lediglich Ihre Anschlussdaten auf, so wie Sie im Hauptzentralcomputer der Deutschen Telekom gespeichert sind und schicke diese Anmeldung zur

DTAG, mehr mache ich bei Ihnen nicht. Sie sollen diesen günstigen Tarif auch erst einmal drei Monate ausprobieren und danach entscheiden Sie sich ja erst, ob sie diesen günstigen Tarif beibehalten wollen oder wie gewohnt teuer weiter telefonieren!« Mit diesen Sätzen war man schon in der Wohnung bzw. im Haus der Kunden. Nur in den seltensten Fällen musste man die Kunden richtig drücken, damit sie mitmachten. Und so ging ich die erste Woche mit dem Ötzi mit, um mir Gespräche und Argumente zu speichern. Nach dem Abendessen hatte ich dann immer noch Schulung bis circa 24 Uhr.

In der zweiten Woche ging ich schon ganz allein und machte am Tag nicht mehr als zwei bis drei Verträge. Chef meinte dazu: »Das ist doch ganz klar, Du bist halt noch zu lasch und Dir fehlen die schlagkräftigen Argumente.« An einem Sonntag, inzwischen war es November, kam Chef herein, als wir gerade am Abendbrottisch saßen und meinte, wir sollten alle die Taschen packen, wir würden heute Nacht um drei Uhr Richtung Aachen fahren. Nachts fuhren wir dann los, in den zwei Bussen; Chef fuhr vor in seinem Audi Quattro. Irgendwann erschien eine Nachricht auf meinem Handy: Sie sind im Ausland. Kein MMS erhalt … An den Leuchtreklamen in einer Stadt erkannte ich, wo wir uns befanden: Niederlande! Hammergeil! Dort wollte ich schon immer mal hin. Ausland sowieso, ich war ja noch nie im Ausland. Man sagte mir, wir arbeiten jetzt von hier aus, weil das Gebiet um Berlin schon weiträumig überlagert ist mit der Firma S.

In den Niederlanden wohnten wir in einem Ferienkom plex, ich teilte mir mit Glatze ein Zimmer, mit ihm verstand ich mich auch ganz gut. Doch mit den anderen Leuten verstand ich mich nicht und dann war da noch die Intensivschulung, die ich bekommen sollte, um endlich mehr Verträge zu machen und und und. Irgendwie schaffte ich auch das. Das einzige Problem, das mich plagte, war die Müdigkeit, die jeden Tag anstieg. In jener Woche am Mittwoch kündigte sich Chef an, um die Abrechnung zu machen. Ich freute mich riesig, endlich Geld zu erhalten für meine Arbeit. Ich machte zu diesem Zeitpunkt immerhin schon sechs bis acht Verträge täglich, selbst am Tag der Abrechnung riss ich noch mal sechs Verträge runter. Abends in der Unterkunft angekommen, ging ich in mein Zimmer, legte die Arbeitsklamotten ab und zog mir was Schönes an, denn ich wollte am Abend mal was unternehmen. Ich wurde zur Abrechnung gerufen. Mit einem breiten Lächeln ging ich rüber ins andere Haus und setzte mich in den Wohnzimmerbereich.

Er zeigte mir eine Abrechnung und dort stand eine Summe von 480 Euro. »Aber wir können Dir heute kein Geld geben, wir schreiben Dir den Betrag ins Buch ein.«, meinte er. »Was nützt mir der Betrag im Buch, schließlich habe ich Schulden und da hilft mir ein Geldbetrag im Buch auch nichts«, entgegnete ich wütend. Er daraufhin: »Ja, da hast Du schon recht, aber Du arbeitest doch auf Provisionsbasis, und es könnte doch auch sein, dass Deine Kunden in drei Monaten wieder abspringen.« Ich: »Was ist das überhaupt hier? Wir werden beleidigt, diskriminiert und genötigt von Ihnen und den Kunden, ich bin nicht versteuert und nicht versichert. Und das Schlimmste an der ganzen Sache ist ja auch noch, dass uns noch nicht einmal verraten wird, warum wir jetzt plötzlich hier arbeiten und nicht in Deutschland.«

Nachdem ich das ausgesprochen hatte, hatte ich schon vom Chef eine geklebt bekommen. »Wenn Ihr keine richtige Erziehung genossen habt, ist es ja an der Zeit Euch mal zu erziehen.« Ich schrie: »Sie spinnen ja!« und ging auf mein Zimmer. Danach entschloss ich mich mit Glatze zusammen abzuhauen. In einer Nacht- und Nebelaktion flüchteten wir und trampten Richtung Grenze.

14.04.04

Boom in Bagdad.

Der Sommer geht, Bagdad sucht den Superstar

Klaas Glenewinkel

Die Fahrt von Amman nach Bagdad habe ich gut überstanden. Nur ab und zu anhalten wäre auf 600 km Wüstenfahrt nicht schlecht gewesen. Aus Angst vor Überfällen weigerte sich jedoch mein Fahrer. Er selbst schien keinerlei Verdauung zu haben.

Die erste Nacht war dann unerträglich. Von Maschinengewehrsalven bin ich ein paar Mal schweißnass aufgewacht und habe schlecht geträumt. Es sind nachts etwa 35 Grad und 50 Grad am Tag. Bei Stromausfall bringt auch der Ventilator keine Frische oder wenigstens die Illusion davon.

Hier reden alle von »der Gefahr«, vor allem nach dem Anbruch der Dunkelheit. Die Ursache sind die sogenannten

Ali Babas, amnestierte Schwerverbrecher, die sich durch Meuchelmord Respekt verschaffen.

Wer die Gefahr sucht in Bagdad, begibt sich an die Seite eines US-Soldaten oder in die Nähe eines irakischen Polizisten. Ein kleiner Witz sagt: Pro totem Amerikaner gibt es zwei Stunden keinen Strom. Strom fließt übrigens nie länger als drei Stunden ohne Unterbrechung.

Zu Mittag habe ich mit ein paar Maschinenbaustudenten der al-Mustansirijah-Universität gegessen. Da ich bei dem Thema Maschinenbau aber nach wenigen Sätzen versage, waren wir gleich bei ihrem zweiten Lieblingsthema: Das Judentum. Sie beklagten, dass Hitler nicht nach Arabien sondern nach Deutschland gekommen ist. Schwarzer Humor überkam mich und ich lud sie nach Marzahn-Hellersdorf ein, um den Austausch mit Gleichgesinnten fortzusetzen.

Wer Geschäfte machen will in Bagdad, hat es nicht leicht. Obwohl die Steuerfreiheit lockt, kann schon die Autobahn Amman-Bagdad zur ersten Finanzierungsrunde werden. Eine andere Straße in diese Stadt gibt's nicht. 2000 Menschen befahren täglich den abenteuerlichen Handelskorridor, beladen mit Satellitenschüsseln, Gebrauchtwagen und anderen Konsumgütern. Westliche Neueinsteiger werden von den Ali Babas mit ihren weißen BMWs und den schwarz getönten Scheiben diskret bedrängt. Dann heißt es rechts ranfahren und Geld abgeben.

Das haben alle schon einmal mitgemacht: Der Alcatel Mitarbeiter, das Rote Kreuz und sogar die diplomatische Vertreterin Deutschlands, allein sie ist angeblich weitergefahren, denn der Wagen war gepanzert. Bagdad ist attraktiv für Geschäftsleute aus dem Ausland, denn der Handel ist bis auf weiteres steuerfrei, hier kann man für viel Geld loswerden, was auch zuhause gut funktioniert: BMWs und Satellitenschüsseln.

Aber auch die mutigen Wissenschaftler sind dabei; das Fraunhofer Institut möchte dort die neuen Internet-over Satellitensysteme an den Mann bringen, ein Hamburger DJ-Kollektiv Scheiben drehen und ein prominenter Berlin-Mitte Kneipier einen Laden eröffnen. Boomed Bagdad? Klar, aber Aufpassen schadet sicher nicht.

Obwohl entlang der Uferpromenade des Tigris bereits wieder Karpfen gebraten werden und man im Englisch Club bei Dattelschnaps und Arrak Tennis schaut, sollte der ausländische Gastronom das Bier besser in Cola Dosen verkaufen; cleveres W-LAN hat man dort bereits aus Dubai oder China. Was ist also der heiße wind of change?

Die meisten Bagdader sind unter 30. Unter ihnen sind nicht nur traumatisierte Baathisten und radikale Schiiten, sondern auch Studenten, Intellektuelle, Künstler und gewiefte Entrepreneurs, die das Umkrempeln ihres Landes nicht allein Regierungen und NGOs überlassen. Die Zukunft Bagdads wird sicher davon abhängen, was diese Leute tun und wo sie es tun.

Gemeinsam mit der Universität Bagdad (in den 1960ern von Walter Gropius entworfen) planen wir zurzeit den Aufbau von Bagdad FM, ein Community Radiosender in arabischer Sprache – vor Ort.

Schweißgebadet sitze ich gerade in einem der vielen Internet-Cafés, links neben mir der typische abbasidische Moslem im gebügelten Hemd mit Magnum-Bart und rechts der 20-jährige US-Soldat im Wüstenlook: mit dem Maschinengewehr zwischen den Beinen beim Emailchecken. Das Ding würde ihm glatt das Kinderlächeln wegblasen, wenn er aus Versehen auf seinen Sex-Spam klicken würde.

Jetzt ist meine Zeit im Internet um. Ich nehme mir ein Taxi und hoffe, dass kein Ali Baba am Steuer sitzt.

24.09.03

Bella Italia?

Ornela Muti zum Selbermachen

Suzana Sucic

Als Kind kannte ich keinen einzigen Italiener. In unserer Nachbarschaft gab es keine Ausländer und meine Eltern fuhren nie in den Urlaub. Aus Fernsehserien und Kinderbüchern bastelte ich mir ein Italienbild, das von Klischees und Touristenattraktionen durchsetzt war: Das Land quoll über vor Spaghetti, badete in Rotwein, überall glitten Gondeln über das Wasser und dicke Opernsänger sangen »O sole mio« für schöne Frauen mit üppigen Dekolletés. Italien stand für mich auch für Chaos und Respektlosigkeit: Haarsträubender Verkehr mit Millionen von knatternden Vespas, freche Jungs und noch frechere Mädchen, die sich von einer Straßenseite zur anderen Unverschämtheiten zuschrien. Pinocchio war mein Held und veranlasste mich zu glauben, dass Italiener gerne lügen oder immer übertreiben müssen.

Als Teenager wurde ich dann mit einer pubertierenden Reisegruppe an den »lago di como« geschickt. »Niemand wird schwanger und niemand darf sterben!« hieß es am ersten Tag der Reise von Seiten der Gruppenleiter. Ich war 13 und mitten in einer schweren Wachstumsphase: Die Arme erschienen mir länger als die Beine und ich litt unter meinem Babyspeck. Ich zweifelte, ob mich überhaupt ein Junge registrieren würde – mich, mit meinen linkischen Bewegungen und dem schüchternen Augenaufschlag. Der Urlaub verlief auch fast völlig ohne ein romantisches Sommer-Flirt-Intermezzo, wie ich es mir in der Ferne ausgemalt hatte und auf das man es als sprießendes, hormongeschütteltes Teeniegirl anlegt.

Am letzten Abend gab es ein Lagerfeuer am Strand, die Abschlussparty wurde gefeiert und aus diesem Anlass betrank sich die ganze Gruppe. Ich war mit eine der Jüngsten und hatte keine Alkoholerfahrungen. Damit ich auch schnell betrunken wurde, kaufte ich Kräuterschnäpse im Supermarkt, die eigentlich nur als Speisegewürz für deftige Gerichte verwendet werden. Ich war ziemlich schnell blau und völlig enthemmt. Während andere in den See kotzten, unterhielt ich die restliche Gruppe und junge Italiener, die sich zu uns gesellt hatten.

»Exuberance is beauty« meinte William Blake treffend: Ich war voller Lebenslust, Esprit und Erzählfreude, die Leute hingen an meinen Lippen und zu vorgerückter Stunde konnte ich mir einen »Froschkopf«, so nannten wir die Italiener wegen ihrer Vorliebe für Froschschenkel, aussuchen. Ich verschwand mit Mario auf einem von Mondlicht durchfluteten Steg, gegen den in langsamen Abständen träge das Wasser klatschte. Es war mein erster Kuss, der mit Mario, und es fühlte sich sensationell an. Leider kam mein Gruppenleiter Jürgen dann und riss mich wütend von Mario fort. Alles, was mir von ihm blieb, ist diese süße Erinnerung. Am nächsten Morgen hatte ich meinen ersten Kater und die Premiere eines anderen Gefühls: Liebeskummer.

Zurück im grauen Deutschland, eingehüllt in einen dauernden Nieselregen, konnte ich nur an Mario denken. Ich meldete mich für einen Italienischkurs bei der Volkshochschule an und hörte alte Adriano Celentano-Platten, bis die Nachbarn mich anzeigten und meine Eltern mich rausschmeißen wollten ...

Ich träumte, so auszusehen wie Ornella Muti, las Romane von Italo Svevo, und versuchte, die »Göttliche Komödie« im Original zu lesen. Als ich endlich mein Abitur geschafft hatte, packte ich wenige Sachen und trampte bis nach Italien. Ich kam nur bis nach Mailand. Dort sollte ich die nächsten acht Monate bleiben. Ich hatte Glück. Der letzte Fahrer war weder ein Psychopath noch seinerseits übertrieben vorsichtig: Er bot mir an, die ersten Tage bei ihm zu wohnen, bis ich ein Zimmer und einen Job gefunden habe.

Er wohnte sehr zentral, sein »apartamento« war umgeben von lärmenden Cafés, Restaurants und Bars. Ich machte mich trotz der Müdigkeit, die von der Fahrt herrührte, sofort auf, um Klinken zu putzen und einen Kellnerjob zu ergattern. Wieder hatte ich Glück: In der Bar »Jamaica« wurde gerade ein Kellner mit einem sprachlichen Gewitter entlassen: Er war dem Wirt zu langsam. Ich ergriff sofort die Gelegenheit und stellte mich vor. Der Wirt war begeistert von meinem exotischen Akzent und meiner Oberweite. Keine Arbeitserlaubnis, kein Gesundheitszeugnis wurde verlangt, spontan und begeisterungsfähig wie die Italiener sind, wurde ich sofort auf der Stelle eingestellt und konnte mit der Arbeit beginnen.

Ich arbeitete im »Jamaica«, bis ich für das Fernsehen entdeckt wurde. Italiener sind überästhetisch: Stilfragen gehen vor alle anderen Fragen des Lebens, besonders der Moral. Das Wort »Stolz« zum Beispiel existiert in dem Sinne nicht im Italienischen. Dafür gibt es mehrere Synonyme für das Wort »gerissen«.

Ich bediente eines Nachmittags einen auffälligen, pfauenhaften Mann. Wenig später sprach er mich an und fragte, ob ich nicht Lust hätte, in seine Castingagentur aufgenommen zu werden: Er organisiere vornehmlich Statisten und Gäste für »tv spetaccoli«, die durchgeknallten italienischen Freitag- und Samstag-Abend-Shows, in denen von Fußball bis »bellezza« alles vorkommt.

Von da an saß ich in der ersten Reihe bei illustren »spetaccoli« wie der Freitagabendshow »Casa Mosca« des homosexuellen Freaks Maurizio Mosca, der seine Gäste regelmäßig zum Heulen brachte und die Mädchen in der ersten Reihe, in der ich saß, für dumm verkaufen wollte. Regelmäßige lebendige Klatschrequisite und »Vorher-Nachher«-Opfer wurde ich auch bei Diego della Palma, einem schwulen Friseur, der seine Nachmittagsquatschshow nur im weißen Smoking moderierte.

Bei Diego della Palma lernte ich die Comtessa Pepina Caravaglia kennen. Ich war verzweifelt auf der Suche nach einem Zimmer zur Untermiete, ich war an einen tiefen Punkt gelangt: Schluderig wie die Italiener nun mal sind, wurde ich über Monate fürs Klatschen nicht bezahlt, ich wohnte in einem autonomen Zentrum mit sogenannten »Crusty Punks« und war ziemlich mitgenommen von den täglichen Sitzungen der spießigen Pseudoalternativen, die darüber diskutierten, ob ein semibekanntes TV-Model in ihrer Kommune leben durfte.

Ich klagte der feschen Comtessa mein Leid, die an diesem Tag als Pferd verkleidet war, sie trug einen Pappmaché Pferdekopf als Hut. Sie hatte Mitleid mit mir und lud mich in ihre Wohnung ein. Dort bekam ich ein großes Zimmer, das von einem der Dienstmädchen sauber gemacht wurde, obwohl es mir anfangs unangenehm war. In der Belle-Epoque-Wohnung standen überall Antiquitäten, im Salon befand sich ein großer Flügel, auf dem Leopoldo, Comtessa Caraglias jüngster Sohn, nachmittags für seine Mutter Mozart spielen musste. Sonst hörte die Comtessa nur Techno.

Es dauerte nicht lange, bis Leopoldo und ich eine Affäre begannen. Alles lief ausgezeichnet, bis auf den Umstand, dass ich nie von den TV-Sendern bezahlt wurde, dafür aber mit der Zeit immer mehr auf der Straße belästigt, weil mich Leute aus dem Fernsehen kannten.

10.09.03

Produktivkraft des Fehlers.

Deutsch zwischen Kapstadt-Kölsch und »Türkisch für Anfänger«

Oliver Schmitz

Die deutsche Sprache war sicherlich die erste, die ich nach der Geburt – und vielleicht sogar schon vorher im Bauch meiner Mutter – gehört habe. In Kapstadt habe ich das Deutsche als eine Sprache erlernt, die mit Familie und Eltern zu tun hatte. Die Außenwelt redete eine ganz andere, beziehungsweise viele andere Sprachen: Englisch in den unterschiedlichsten Varianten, das im Zuge des holländischen Kolonialismus geprägte Afrikaans und die afrikanische Sprache Xhosa.

Auf einer deutschen Schule war ich nur das erste Schuljahr, Deutsch habe ich also nie richtig gelernt. Mein Verhältnis zu der Sprache war lange Zeit sehr passiv. Die Grammatik ist mir immer noch ein Rätsel. Das Denken und die Kultur, die dahinter stecken, verstehe ich allerdings besser als die Grammatik. Meine Eltern kamen aus Bonn und redeten eine sehr regionale Sprache – sie klang fast wie Kölsch. Ich muss immer noch staunen, wenn ich daran denke, dass das bei mir überhaupt hängen geblieben ist.

Mitte der 1980er Jahre bin ich nach Deutschland gekommen und habe zwei Jahre in Dortmund gelebt. Aus Südafrika war ich abgehauen, weil ich keinen Militärdienst in dem Apartheidsstaat leisten wollte. In Deutschland musste ich erstmal sprachliche Hürden nehmen. Deutsch als Sprache zu hören, war mir sehr vertraut, aber sie zu sprechen, fiel mir schwer. Da habe ich zum ersten Mal richtig gemerkt, wie passiv meine Beziehung zu dieser Sprache ist. Zu Hause hatten meine Eltern zwar mit mir auf Deutsch gesprochen, aber ich hatte meistens auf Englisch geantwortet. Unbewusst entstand so eine Mischsprache. Als es darauf ankam, habe ich mir Deutsch dann aber ziemlich schnell angeeignet. Die Matrix – die Grundkenntnisse – waren ja schon da.

In meiner Dortmunder Zeit hat mich mal jemand gefragt, ob ich auf Deutsch oder Englisch denke. Irgendwann habe ich gemerkt, dass ich auf Deutsch träume. Wenn ich länger in Südafrika bin, schalte ich gedanklich auf Englisch um. Wenn ich hierher zurückkehre, dann schalte ich wieder auf Deutsch um.

Nach den zwei Jahren in Dortmund bin ich wieder nach Südafrika gegangen und habe dort Filme gedreht. Bis Ende der Neunziger habe ich mich fast ausschließlich mit der Sprachkultur in Südafrika und ihrer Bedeutung in südafrikanischen Geschichten auseinandergesetzt. Ich war immer wieder zu Besuch in Deutschland, meistens in Köln und lebte ganz gemütlich zwischen den Welten und Kulturen. Ich hätte mir aber nie zugetraut, Filme in der deutschen Sprache zu drehen.

Seit 2001, also seit ich in Berlin lebe, hat sich das geändert. Drei Kinoprojekte mit Berliner Geschichten sind in der Entwicklung. Diverse TV-Movies fürs Fernsehen habe ich gemacht und als Regisseur die Serie »Türkisch für Anfänger« mitentwickelt. Das alles bedeutet für mich eine radikale Lebenswende. Vor zehn Jahren hätte ich nicht gedacht, dass ich mich derart neu orientieren würde. In meiner gegenwärtigen Arbeit suche ich allerdings die gleichen Sachen wie in Südafrika: Mir liegt viel daran, dass die Sprache, die die Figuren in den Geschichten sprechen, eine Glaubwürdigkeit und eine Spontaneität hat, die mit dem Alltag zu tun hat und den Zeitgeist aufgreift.

In Südafrika wurde eine afrikanisch-kosmopolitische Kultur unter dem Apartheidsregime unterdrückt. In meinen Filmen kämpfe ich dafür, dass die Alltagssprache einen Wert bekommt, der lange Zeit negiert wurde. Meine späteren Filme, die in dem Umfeld von Johannesburg angesiedelt sind, reflektieren eine Mischsprache, die sich von Region zu Region und auch von Stadtteil zu Stadtteil ändert. Sie besteht aus einer Mischung aus Englisch, Afrikaans, Zulu und Sotho.

Ich habe den Druck von Außen ignoriert, die Kinofilme, die ich in Südafrika gemacht habe, ausschließlich auf Englisch zu drehen. Das Argument dahinter, die Filme ließen sich so besser verkaufen, ist für mich unsinnig. Nimmt man den Geschichten ihre Sprache weg, so sind auch die Geschichten weg. Können Sie sich vorstellen, eine deutsche Geschichte in Deutschland mit amerikanischen Schauspielern auf Englisch zu drehen?

Ich denke, Sprache ist was Besonderes. Etwas, dass sich ständig ändert. Das ist das Schöne daran. Gesellschaftliche Änderungen bringen auch eine Sprache in Bewegung. Ich glaube, dass Normen, wie abstruse Debatten über Rechtschreibung, durch viele unterschiedliche Faktoren, die eine Sprache im Alltag formen, überrollt werden. Sprache ändert sich durch Immigration – die USA des letzten Jahrhunderts sind ein wunderbares Beispiel. Auch ich bin ein Immigrant …

Ich beherrsche die deutsche Sprache ziemlich gut, aber komme mit einem anderen Lebensgefühl hier an. Das heißt, und ich merke es ständig, wenn ich Gedanken habe, die einer englischen oder südafrikanischen Sprache entstammen, dann drücke ich mich auch anders auf Deutsch aus, und, wie viele Immigranten, mache ich auch Sprachfehler, die man so oder so bewerten kann. Ich glaube, dass Sprachen flexibel genug sind, andere Gedanken und »Fehler« aufzugreifen und dass sie, zumindest wenn sie häufig genug gemacht werden, als Redewendung aufgegriffen werden. Dementsprechend steckt eine gewisse Kreativität in diesem Austausch.

Übrigens, ich merke schon wie »eingedeutscht« ich bin. Wenn ich Briefe auf Englisch schreibe, will ich schon alles mit »sch« statt mit »sh« schreiben!

01.08.06

Das viagraische Vorspiel.

Drei Monate, drei Tage die Woche, drei Stunden pro Tag

Rainer Ganahl

Jede Gesellschaft muss sich reproduzieren und ihr Wissen, ihren Reichtum, ihre Macht, ihre Arroganz und Dummheit weitergeben. Selbst Götter, Aberglauben und rassistische Vorurteile werden den nachfolgenden Generationen wie Sprachen, Schulden, Rollkragenpullover und Verantwortung über den Kopf gestreift. Seit dem 19. Jahrhundert, der Formation von Nationalstaaten, wurde diese Weitergabe und Verewigung verstaatlicht, und unter die Begriffe Bildung und Erziehung gebracht. Der Knüppel der Autorität fand in den Schulen und Institutionen der Macht ein perfektes zusätzliches Medium.

Heute ist es ein kapitales globales Unterfangen und die europäische Wirtschaft zittert, wenn sie Bildungsdaten studiert und international vergleicht. Es ist, als befände man sich in den Weichteilen der Macht während der Koppelung. Sehr obszön, sehr lubrifiziert, sehr feucht – und sehr trocken und langweilig. In den USA ist Bildung als viagraisches Vorspiel hyperkapitalisiert und auch dementsprechend politisiert. Das zu beobachten ist für mich interessant: Was, wo, wie, unter welchen Umständen gelehrt und gelernt wird, ist die zentrale Frage jeder Gesellschaft. Das ist der politische Hintergrund, vor dem ich mich als Künstler mit Sprachen beschäftige. Der persönliche Hintergrund ist freilich ein anderer.

Vorarlberg, wo ich herkomme, hat eine alte Tradition, die Jugend als Krautschneider ins Flachland zu schicken. So wurde ich zum Autostopper und lernte unterwegs das Sprechen in verschiedenen Sprachen. Irgendwann stank es mir im Euroland – schon eine Dekade vor der Euroeinführung – und ich gelangte ans andere Ufer, kam also nach New York. Autostoppen war hier nicht mehr angesagt. Meine Dialekte und Akzente wurden hier Teil eines polyglotten Fleckenwerks von Millionen, über das es sich lohnte nachzudenken. Edward Said, Stuart Hall und andere Leute, – etwa vom Whitney Independent Study Programm – halfen mir dabei: Ich habe gelernt, mir und anderen auf die Zunge zu schauen, und den Rap der Leute, z.B. den der Franzosen, ernst zu nehmen.

Ich habe irgendwie versucht, mir eine Welt vorzustellen, in der Kunst und Politik sich mit der Zunge Küssen, damit Molotowcocktails und Gewalt sich erübrigen (against autozündlerei). Dumm gesagt, ich hatte / habe immer Europa im Kopf, weil ich täglich erlebe, wie man in NYC Menschen unterschiedlicher Herkunft mit unterschiedlichen Sprachen und Hautfarben, auch freundlich behandeln, sie bewundern, sie wirklich als Nachbarn akzeptieren kann. Ja, ich staunte über all meine Vorurteile und eurozentristischen Voreingenommenheiten und lernte sie langsam zu korrigieren. Als Leute mit afroamerikanischem oder chinesischem Akzent über Hegel referierten, stand zuerst mein Mund weit offen.

Am Anfang war das englische Wort, selbst für mich als ungläubiger Analphabetiker. Ich konnte es leider nicht aussprechen und musste endlose Nachmittage mit etwas älteren Nachhilfelehrerinnen zubringen. Nun, die Kunst, Theorie und Politik in reflexiven Amalgamen zu konkretisieren, ermöglichte es mir, mein damaliges Gehör zu schärfen. Die Edward Saidsche Orientalismuskritik, die insbesondere die Schnittstellen von imperialistischer Politik und Kultur nachzeichnete (die Linie auf der ich gerne als Fahrradfahrer unterwegs bin) inspirierte mich, Japanisch zu lernen, meine erste orientalische Sprache. »Orientalismus« ist heute zu einer kritischen Kategorie geworden und hat Repräsentationspolitik – mein Hauptinteresse – zum Inhalt.

Wer sagt was, über wen, wie? Das Lernen von Japanisch als künstlerisch-kritische Praxis war jedoch kein Reden über und Repräsentieren des kulturell Anderen (kapitales A mit Liaison zum Lacanschen »petit a«), sondern ein schmerzhaftes transzendentales langjähriges Unterfangen, das direkt an den (schlecht Kantisch gestottert) Bedingungen der Möglichkeiten von Dialog und verbalem Austausch ansetzt. Ich habe versucht, – so wie heute mit meinen Chinesischstudien – die kulturelle Handelsbilanz etwas auszugleichen, und den vielen Autos und elektronischen Gadgets etwas anderes als Dollars, Jammer und kulturelle / ökonomische Angst (das Wort Angst findet sich auch im Englischen) entgegenzuhalten.

Mein Zurück in eine künstlerisch / sprachliche Infantilität brachte mich dann auch recht bald nach Japan, wo ich wiederum eine neue sprachpolitische Realität kennen gelernt habe. Mit dem Erlernen einer (Fremd)Sprache trifft man auch auf ein Menü von nationalen Vorurteilen. Diese Einsicht erzeugte in mir genügend Energie, um drei Jahre lang Koreanisch zu lernen und damit auch auf interessante Korrektive – also koreanische Vorurteile gegenüber Japan – zu stoßen. In der Zwischenzeit interessierte mich auch der deutsche Orient: Griechisch, Neugriechisch, auf das ich mich ebenfalls für mehrere Monate einließ: »3 months, 3 days a week, 3 hours a day – basic modern greek« (in New York, 1994/95) und dann »6 days, 6 hours a day – basic modern greek« (Athen).

Diese meine dilettantischen, autodidaktischen Bemühungen quantifizierenden Projekte produzieren eine Unmenge von Videos, die das dreckige Geschäft der Repräsentation ad absurdum führen, und dabei das »lange-weilige« meiner Kunst als Praxis zur Skulptur erklären. Ich fühle mich jedoch als Künstler nicht mehr nur dem Ready Made verpflichtet, sondern auch einem »trying-hard« einem »langsam-Geschäft«. Dekontextualisiert wird weniger ein Objekt, sondern mehr eine Praxis, nämlich jenes Tun und Lassen, das man üblicherweise auf Unis anfindet. Ich selbst mutiere zur sich entäußerten Laborratte und treffe dann auf neue, anderssprechende Freunde.

Die genaue Liste der Sprachen, denen ich mein Herz und meine Zeit gewidmet habe – und ich lerne ja immer noch –, finden sich am besten in meinen kurzen Videoclips wieder: z. B.: Homeland Security, Arabic: »Ana laestu irhabien«; Chinese: »wo bu shi konbu fenzhi«; Korean: »nan nun, terrorist animnida«; Modern Greek: »Then ima dromokratis«; Japanese: »terroristo dewa arimasen«; Russian: »Ja ne terrorist«; Spanish: »No soy un terrorista«; Italian: »non sono un terrorista«; French: »Je ne suis pas un terrorist«; Deutsch: »Ich bin kein Terrorist«; English: »I'm not a terrorist«. Man vergebe mir die falschen Transliterationen – im Buch, Bill Kaizen »Please, teach me, Rainer Ganahl and the politics of learning« werden die angemessenen nicht-lateinischen Schrifttypen verwendet.

Das Lernen ist das Rückgrat meiner Gehversuche und die Rechtfertigung einer visuellen Produktion, die nichtretinale Präferenzen privilegiert. Ich könnte auch sagen, das Lernen ist mein Anti-Alzheimerprogramm und / oder meine Anti-Depressivmedizin; es ist die billigste Art, teuren Psychotherapierechnungen zu entkommen. Es ist wahrscheinlich auch ein Easy-Jet-Ticket ins Nirgendwo der Nachmittage, die unaufgelesen sich am Rande einer Kunstproduktion akkumulieren; eine Süßspeise für Diabetiker unter Einfluss; ein Ersatz für monastische Spreizübungen vor dem Schlafengehen; ein Schutz vor Wahnsinn und nicht zuletzt das Abklopfen eines oxidierenden Fabrikkessels, der Sinn auf Unsinn reimt. Anders gesagt: ich verkaufe nicht viel, aber ich lerne wenigstens etwas.

Sprache, das ist für mich Selbstentäußerung und Fremdgehen, Promiskuität und Liebe, Zerstörung und Hoffnung, Ungerechtigkeit und Legasthenie im Spiegel, kurz gesagt: Mundgeruch. Es stinkt ... und wie wir sehen ... wenn nicht mehr geredet wird, wenn man die Leute nicht reden lässt, ihnen nicht zuhört, dann brennt es, kann es pyromanisch eskalieren.

07.12.05

Japanische Netzwerkschule.

Internetradio, Google als Wörterbuch und ein »Ich lerne Deutsch«-Blog

Tomoyuki Sugimoto

Eigentlich komme ich aus Otsu Stadt in der Shiga-Präfektur. Das ist in der Nähe von Kioto. Im Jahr 2002 bin ich nach Tokio gezogen und habe dort zunächst vier Jahre lang in Hachioji gelebt, einer Universitäts- und Schlafstadt am westlichen Rand der Agglomeration Tokio. Neulich bin ich nach Fuchu Stadt gezogen, eine andere Vorstadt von Tokio, etwa 30 Minuten entfernt von der Innenstadt. Alles ist ganz neu für mich, nur langsam gewöhne ich mich an die unvertraute Umgebung. Ganz anders als im Zentrum ist es hier sehr ruhig. Das gefallt mir sehr.

Ich habe keine deutschen Bekannten in Japan. Und im

öffentlichen Raum existiert die deutsche Sprache praktisch gar nicht. Im Internet sieht es anders aus. Ich besuche manchmal deutsche Webseiten, obwohl mein Deutsch noch nicht gut genug ist, um sie komplett zu verstehen. Meistens besuche ich die Webseite »NHK Radio Japan« und »Yahoo! Deutschland«, um Nachrichten über Japan zu hören oder zu lesen. Ich bevorzuge solche Nachrichten, denn sie behandeln Inhalte, die mir vertraut sind. »NHK Radio Japan« wird zwar einige Male pro Tag gesendet, allerdings höre ich höchstens nur eine einzige Sendung. Die aber viele Male.

Es war im Juni 2004, als ich angefangen habe, Deutsch zu lernen. Damals hatte ich Interesse an der Sprache, weil ein deutsches Elektronikmusik-Label daran interessiert war, meine Musikwerke zu veröffentlichen. Dazu kam es dann aber nicht. Später sah ich zufällig das Fernsehprogramm »Deutschlernen« und dachte: »Deutsch mag nicht so schwer sein. Ich kann es sicher schaffen!« Am folgenden Tag habe ich ein Lehrbuch für Deutsch gekauft. Ich begann, die Sprache zu lernen. Als ich anfing, setzte ich mir ein Ziel: Zuerst wollte ich die Grammatik innerhalb von drei Monaten lernen und dann nach fünf Monaten die Prüfung »Diplom Deutsch in Japan, Stufe 3« schaffen. Natürlich habe ich das Ziel erreicht!

Um mein Deutsch zu verbessern, höre ich heute auch »Deutsche Welle« im Internet. Einige Kurse kann man downloaden. Im Moment höre ich das Programm für Anfänger wieder und wieder. Darin wird nur Englisch und Deutsch, kein Japanisch, gesprochen. Das ist schwer für mich. Aber ich nehme das als eine Herausforderung wahr, damit ich Englisch und Deutsch lernen kann. Ich bin manchmal irritiert, wenn ich nicht alles gut verstehen kann, aber es macht mir trotzdem Spaß.

Internetprogramme höre ich natürlich nicht nur auf Deutsch und Englisch, sondern auch einige Plauder-Sendungen auf Japanisch von professionellen Komikern und sogar von meinen eigenen Bekannten. Beispielsweise höre ich gerne das Plauder-Programm »JUNK« gesendet von »TBS Radio« oder Programme auf der Webseite »dedio.jp«, gegründet von dem japanischen Künstler Katsuki Tanaka, der unter anderem bekannt ist für einen Videoclip, den er für Schneider TMs »Frogtoise« gemacht hat. Das Wort »de dio« ist eine Abkürzung von »Decchiage Radio«, zu Deutsch »fingiert«, »falsch«, denn hier reden Durchschnittsmenschen, als ob sie professionelle Showmaster wären. Auch ich sende auf »dedio.jp« mein eigenes Programm, es heisst »Modulation«. Darin spiele ich meine eigenen Musikwerke, moderiere auf Japanisch oder Englisch und lasse manchmal eine synthetische Stimme reden, anstatt meiner eigenen. In Zukunft will ich das auch auf Deutsch machen.

In Japan sieht man Deutschland oft als »das Land der Technomusik« und auch ich höre gerne solche Musik, zum Beispiel Kraftwerk. Als ich vielleicht 18 Jahre alt war, habe ich zum ersten Mal deutsche Technomusik gehört, es war Kraftwerks »Man-Machine«. Sie ist sehr schlicht und hat nicht so viele Töne. Zuerst habe ich mich dafür nicht so interessiert, denn damals hörte ich lieber prächtigere Musik. Aber jetzt höre ich Kraftwerk sehr sehr gerne. Die Schlichtheit ist ein Zauber deutscher Technomusik. Ich höre jedoch auch einige japanische Musiker oder Bands, auf die Kraftwerk einen starken Einfluss hatte. Zum Beispiel Yoshinori Sunahara, Towa Tei, Denki Groove und so weiter. So bin ich auch in diesem indirekten Sinn ein Musiker, der von deutscher Technomusik beeinflusst wird.

In letzter Zeit höre ich meistens so genannte »Electronica«, zum Beispiel Sketch Show, Eater, Sora. In Deutschland gibt es auch einige gute Labels, die solche Musik veröffentlichen, zum Beispiel Karaoke Kalk und Morr Music. Aber ich höre auch gerne Klassik und Rock aus Deutschland. Als Schüler war ich in einer Rockband. Damals habe ich gerne Helloween gehört und nachgespielt.

Als ich im September 2005 meinen deutschsprachigen Blog »Ich lerne Deutsch« angefangen habe, wollte ich nicht nur vorhandene Texte lesen oder hören, sondern auch selbst etwas auf Deutsch schreiben. Zu meiner Überraschung haben einige Leser Kommentare eingetragen. Das hat mich sehr gefreut, weil ich erkannt habe, dass mein Deutsch verstanden wird. Ich habe dadurch Selbstvertrauen gewonnen.

Am Anfang habe ich meinen Blog zwei oder drei Mal pro Woche geschrieben. In letzter Zeit pflege ich ihn nur noch zwei oder drei Mal pro Monat. Ja, jetzt bin ich zu faul ... Ich schreibe über alltägliche Kleinigkeiten. Hier ein Beispiel: »Eines Tages hat der Reißverschluss meiner Hose gebrochen. Ich war sehr verwirrt, denn ich war noch im Arbeitsplatz.« Dieser Eintrag hat die meisten Kommentare bekommen. Die Leser kommentieren natürlich auf Deutsch. Aber sie kommen nicht nur aus Deutschland, sondern auch aus Polen.

Selbst für solche Kleinigkeiten brauche ich viel Zeit, denn ich muss beim Schreiben häufig das Wörterbuch benutzen. Ich habe ein Deutsch-Englisch-Wörterbuch, aber es ist nicht genug. Zum Glück kann man kostenlos Wörterbücher für Japanisch und Deutsch im Internet benutzen. Ich mache das sehr häufig. Manchmal lasse ich mein Deutsch auch von Google korrigieren. Wenn ich Angst habe, dass ein Ausdruck falsch ist, suche ich ihn bei Google. Wenn sich der gleiche Ausdruck häufig finden lässt, lasse ich ihn stehen. Ich frage Google auch dann, wenn ich verstehen will, ob ein Wort – besonders ein neues Wort, das ich im Wörterbuch nicht finden kann – maskulin, feminin oder neutral ist.

In Zukunft will ich schneller und ohne Wörterbuch schreiben können. Durch meinen Blog will ich mit mehr Leuten kommunizieren. Und natürlich wäre es schön, wenn sich dadurch mehr Leute für meine Musik interessieren würden. Auf meiner persönlichen Webseite kann man meine Musikwerke und mein Internetradio-Programm »Modulation« hören.

30.12.06

Chinesisch, Japanisch – alles das Gleiche.

»Combat!« in spanischer Synchronisation, Bier brauen in Mexiko und ein Tourist namens Volker

Renato Ornelas

Ich bin ein unabhängiger Filmemacher, Autor und Produzent, der sich in Mexiko-Stadt, dem »Distrito Federal«, niedergelassen hat. Ich lebe in der Innenstadt, und zwar in einer Gegend, die »Zona Rosa« genannt wird.

Die »Zona Rosa« ist ein deprimierender Touristenschauplatz in der Nähe des Museums und des Parks von Mexiko-Stadt. Sie war einst eine künstlerische und glamouröse Hochburg, aber im Laufe der Jahre wurde das Viertel von immer mehr Striplokalen und Schwulenbars besiedelt; trotzdem oder vielleicht deswegen stolpert man ab und zu über eine Gruppe weißer, blonder und in kurzen Hosen gekleideter Leute, die mit ihren Kameras in der Luft umherwinken und darauf warten, dass etwas Exotisches passiert.

Mein Büro und Atelier ist zehn Häuserblocks von meiner Wohnung entfernt. Da ich den Weg jeden Tag laufe, durchquere ich die »Zona Rosa« zu den unterschiedlichsten Zeiten und durch verschiedene Straßen. Diese Spaziergänge geben mir Zeit zum Beobachten. Ich nutze diese Wege auch, um meine Ideen zu sortieren. Außerdem bekomme ich so einen ziemlich guten Eindruck von Personen und Situationen.

Ich erinnere mich nicht genau daran, unter welchen Umständen ich das erste Mal mit der deutschen Sprache in Kontakt kam, aber soweit ich mich entsinnen kann, habe ich die Idee »Deutsch zu sprechen« schon ziemlich lange.

Diese Idee dürfte manch einem ungewöhnlich erscheinen, denn es geht mir dabei darum, alle spanischen Wörter wie deutsche Wörter klingen zu lassen. Vermutlich so, wie ein Deutscher versucht Spanisch zu sprechen. Ich erinnere mich, die amerikanische Serie »Combat!« – in spanischer Synchronisation – im Fernsehen gesehen zu haben, und diese deutschen Soldaten sprachen so wie eben beschrieben. Das war für mich als Kind Deutsch.

Allerdings habe ich niemals in Betracht gezogen, Deutsch wirklich zu lernen, denn es war mir viel wichtiger, mir zuerst Englisch anzueignen. In der Praxis sieht es nämlich in Mexiko so aus, dass mit Englisch deine Jobaussichten viel besser sind. Als ich heranwuchs, trugen Filme von Fassbinder, Herzog, Wenders und Tykwer dazu bei, dass ich gesprochenes Deutsch zusehends natürlicher empfand – obwohl es mir nach wie vor unmöglich war, etwas zu verstehen –, denn vorher waren lediglich die Bilder aus Hitlers »Rockkonzert« in Nürnberg (»Triumph des Willens«) meine einzige, echte Quelle der deutschen Sprache.

Sehen Sie! Was sich nach Deutsch anhört oder so aussieht, ist für mich auch Deutsch. Analog zu dem alten Sprichwort »Chinesisch, Japanisch – alles das Gleiche«. Ein vielleicht kurioses Beispiel: Auch wenn Mozart aus Österreich war, spielt das im Grunde keine Rolle, denn er wird in meinen Augen / Ohren so sehr mit Deutschland assoziiert wie Rammstein.

Vor kurzem war ich in Berlin, und die Meinung, die ich mir zuvor gebildet hatte, stimmte nicht mit dem überein, was ich tatsächlich zu sehen bekam. Ich nehme an, die gleiche Erfahrung haben Leute, die nach Mexiko reisen und erwarten, von einem Eselsgespann durch die Gegend chauffiert zu werden. Und manchmal sind diese Touristen sogar von dem Fakt überrascht, dass wir hier auch Straßen und Toiletten haben.

In Mexiko sind wir von der deutschen Geschichte, aber auch von der Gegenwart Deutschlands umgeben: Die Straßen sind voll von Autos der Marken VW, BMW, Audi und Mercedes-Benz; wir konsumieren so viel Bayer-Aspirin wie die Deutschen auch; und wir können sogar die Spiele und Ergebnisse der deutschen Bundesliga im mexikanischen Fernsehen anschauen. Wie all das kommt? Aus meiner Sicht ist es sehr einfach: Deutsche Braumeister wurden irgendwann im 18. Jahrhundert nach Mexiko gebracht. Sie führten eine alte und sehr gute deutsche Tradition fort, die ziemlich mexikanisch geworden ist: Bier brauen.

In meinem Film »Cabecitas« spielt ein Deutscher namens Volker eine wichtige Rolle. Eigentlich sollte er den Charakter des Heiligen Juan Diego repräsentieren, einen einheimischen Mexikaner, der von der Jungfrau von Guadalupe auserwählt wurde, ihr Wortführer zu sein. Volker ist gewissermaßen die deutsche Übersetzung davon; er ist ein Einheimischer aus Deutschland. Daniel, der Schauspieler, der Volkers Rolle übernahm, ist der Großenkel von deutschen Einwanderern, die nach dem Krieg nach Mexiko kamen. Daniel sprach Deutsch, das er auf dem Deutschen Lyceum in Mexiko gelernt hatte. Er war vorher nur ein einziges Mal in Deutschland gewesen, nämlich als er zwölf Jahre alt war und dort einen Sommer mit einer echten deutschen Familie verbrachte. Daniel gefunden zu haben, war essentiell, denn er machte den Film glaubhaft und rund. Zudem ist Daniel ein guter Junge.

Die Idee hinter dem Film »Cabecitas« bestand darin, auf allen Ebenen so viel Chaos und Missverständnisse wie nur möglich zu produzieren. Volkers Unterfangen ist von Anfang an falsch und zum Scheitern verurteilt. Er hätte gar nicht erst nach Mexiko reisen sollen. Aber er tut es, und die Entfremdung und das Leiden sind die Kennzeichen seiner Reise. Wenn wir reisen, verlassen wir das Haus normalerweise mit dem Hintergedanken, wie geplant zurück zu kommen. Wir überlassen unter Umständen sogar die Katze für ein paar Tage sich selbst, denn wir wollen ja zurückkehren. In Volkers Fall wollte ich den Touristen nicht zurückkommen lassen – nicht nur als Metapher, sondern weil ich eine Fortsetzung drehen will ... Kleiner Scherz!

Verwirrung zu stiften und trotzdem in der Lage zu sein, eine Geschichte zu erzählen, waren die Hauptgedanken hinter dem Film. Ich weiß, dass es eine verrückte Idee war, Spanisch, Englisch und Deutsch zu mischen – besonders weil ich überhaupt kein Deutsch spreche –, aber ich denke, ich brauchte diese Sprachkonfusionen und das Driften durch die Szenen mit dieser konstanten Veränderung der Sprache. Ich fühlte mich zeitweise wie ein Tourist, und das ist auch der Gedanke, der sich in Volkers Person vereint: der globale, internationale Tourist!

Meine Umgebung wird permanent von »Fremden« berührt – ich sollte besser sagen, von ihnen besucht. Entweder sind es Freunde oder Freundesfreunde, die Mexiko besuchen und sehr schnell von der mexikanischen Kunstszene angetan sind. Letztlich spreche ich sehr viel Englisch mit US-Amerikanern, Kanadiern und Europäern.

26.10.06

Zeit für eine Welt.

Postkarte aus Mexiko Stadt

Fran Ilich

Ich bewohne einen Alptraum, ein kleines Zimmer, in das nur ein Bett passt, und selbst das Bett hat noch eine Zementplatte über dem Fußende, um dem Raum eine Art Schweizer- Taschenmesser-Multifunktion zu geben. Die Menschen, die auch in diesem Haus leben, sind unglückliche Neuankömmlinge, die um jeden Preis versuchen, sich in die Dynamik Mexico Citys einzufinden ... aber eher noch diejenigen, die sich dagegen wehren, von ihr ausgespuckt worden zu sein. Wir klammern uns alle irgendwie verzweifelt fest.

Meine direkten Nachbarn, deren Schnarchen ich höre, sind ein langhaariger Gringo (mexikanischer Slang für US-Amerikaner), der völlig fehl am Platze erscheint und mit den örtlichen Drogensüchtigen abhängt, und ein 70-jähriger Mann, der den ganzen Tag lang die Musik seiner Jugend hört, während er Kette raucht und manchmal an etwas schreibt, was seine Memoiren sein könnten. Dann sind da noch Familien mit vielen Kindern, die sich den gleichen Platz teilen müssen, den ich luxuriöserweise für mich allein habe. Wir teilen die Toiletten, die Duschen, die winzigen

Labyrinthe, die uns jede Nacht zu unserem Totenbett führen. Und was mich betrifft, ich wache auf, rieche die Realität, schreie in die Stille: »Steh auf, Ilich, steh auf!«

Sofort springe ich unter die Dusche, um Abstand zum Geruch der Realität zu gewinnen. Dann gehe ich in der Unibibliothek online, nehme, wenn sie stattfinden, den ganzen Tag an Kursen teil, und laufe von hier nach dort zu Orten, von denen ich weiß, dass ich dort meinen Computer an die Stromversorgung anschließen kann, um die Akkus aufzuladen. Schnell sein, immer wieder schnell sein, ohne den Fokus zu verlieren, um mithalten zu können und die zwei oder drei Welten, in denen ich gleichzeitig existiere, »übereinander« zu bringen: Online (der Possible Worlds-Server), die Uni, das klassendiskriminierende und mittelmäßige, verachtende Leben von Mexico City, wo die Leute niemals wegen irgendetwas anhalten, um »runter« zu kommen. Und natürlich Freunde, die immer eine Oase in der urbanen Wüste sind. Den von mir nun seit einiger Zeit betriebenen Possible Worlds-Server, sei er auch elektronisch, verstehe ich als eine kleine utopische Stadt im Aufbau, in der Arbeit uns glücklich machen kann, auch wenn sich das nicht auf dem Bankkonto niederschlägt.

Außerdem gibt es da noch jeden Tag die Weltnachrichten. Vom Standpunkt verschiedener Medien aus gesehen, weben sie sich irgendwie in unsere reale kleine Welt ein. Manchmal dürfen wir einen Kommentar abgeben, in Form eines Medienkunstwerks, eines Postings, einer Situation. Die meiste Zeit sind wir einfach nur da, springen herum, konsumieren Medien ... versuchen »runterzufahren«, zu entschleunigen, versuchen zu glauben, dass eine andere

Welt möglich ist, und auf unsere eigene persönliche Weise zur Verwirklichung dieser Vorstellung beizutragen. Und dann ist da natürlich noch die Vermischung verschiedener Takte und Rhythmen und Sprachen: Chiapas, Ciudad de Mexico, Berlin, Tijuana, die Uni, an der ich studiere und die eine Blase von amerikanischen, nigerianischen, kenianischen, europäischen, lateinamerikanischen, arabischen, nordafrikanischen Studenten ist: viele Vorstellungen von dem, was zu tun sei, die sanft miteinander kollidieren. Und die verschiedenen Gruppierungen: die Linke, die Rechte, der Kampf, die Arbeit, das falsche Lächeln, das ehrliche Lächeln, Partys und Zusammenkünfte und Arbeit und Arbeit und Arbeit.

Auf jeden Fall ist es schwierig – wenn nicht unmöglich –, die Vorstellung von Welten, die möglich sein könnten, in die Unigemeinschaft oder die mexikanische Kunstszene einzubringen. Mexico City ist sich auch bewusst darüber, eine kosmopolitische Stadt zu sein, aber was noch schlimmer ist: Es befindet sich irgendwie immer noch in einem provinziellen Zustand von Neuhispanismus, gestrandet in einem futuristischen 16. Jahrhundert, das wir als das Heute wahrnehmen: Unser Blick geht immer nach Europa, während wir hiesige kulturelle Phänomene ignorieren. Berlin, Chiapas, das Netz, die verschiedenen Kontakte per Skype, SMS, Email und von Angesicht zu Angesicht: sie alle schaffen einen Dialog über das, was getan werden muss. Manchmal wird Berlin viel zu unbegreiflich für das, was hier getan werden kann, und manchmal ist es das Gegenteil – langsam wird es durch permanenten Kontakt fassbarer.

Was nutzt der unmittelbare Charakter des Web 2.0,

wenn nichts gesagt wird? Wenn keine realen Gesten gemacht werden und gehandelt wird? Und so werden Begrifflichkeiten manchmal durch ihre unterschiedlichen Symbole innerhalb der unterschiedlichen Kulturen greifbar: Ich erinnere mich da an Techno, der in Los Angeles oder Tijuana etwas mit Rasse und der Straße zu tun hatte, in Mexico City aber schrieb ihn sich die globale Klasse reicher Kids auf die Fahnen, die im Ausland studierten, sich teure Designer-Drogen leisten konnten, denen nichts wichtig war, die poststrukturalistischen Jargon nachplapperten und die übelsten Klischees über den vernetzten globalen Kapitalismus bestätigten.

Possible Worlds, das ist eine sehr kleine Online-Stadt, deren Konzept ist, in ganzen Sätzen und Ideen und Texten zu kommunizieren, und so kleine Entwürfe zu schaffen, selbst wenn sie nicht mehr sind als ein Wohnzimmertheater oder ein gedrucktes Pamphlet voller Überlegungen, Netfilms oder Podcasts, während wir gleichzeitig auf eine netzexistentialistische Weise mit unserer Welt beschäftigt sind. Ein solches Projekt könnte »La Otra Campana«, oder etwas in der Art, sein. Sie verändert sich von Person zu Person, von Gemeinschaft zu Gemeinschaft. »Possible Worlds« ist ein autonomer Server und ein vernetztes Medienprojekt. Und mehr: Wir machen auch Print-Medien und veranstalten kleine Events. All das mit der »Space Bank« im Rücken, die unabhängige Projekte wie »Possible Worlds« fördert. Wir beziehen viele Web 1.0 und 2.0 Anwendungen ein, versuchen aber auch an einer eigenen Agenda zu arbeiten und verlieren uns nicht völlig in der globalen virtuellen Welt oder glauben, dass jeder einen

Computer besitzen müsste. Wir glauben an Vielfältigkeit – und Vielfältigkeit bedeutet, dass nicht alle Menschen mit Computern arbeiten …

Und ja, ich glaube, der Zeitgeist ist alles und jedes und bestimmt gleichzeitig alles und jedes. Aber Zeitgeist wird auch geschaffen, von einigen oder allen. Das Problem ist, wie Zeitgeist gedeutet werden soll, der sich in unterschiedlichen geographischen Wirklichkeiten unterschiedlich niederschlägt. Es ist erstaunlich, was gerade überall in Lateinamerika geschieht und wie unterentwickelt die so genannte entwickelte Welt manchmal sein kann. Ich will damit sagen, dass sie manchmal nur in materiell-technologischer Hinsicht entwickelt zu sein scheint, was mehr oder weniger auf Kosten der so genannten unterentwickelten Welt erreicht wurde, und zwar mit kolonialen Mitteln, was umso mehr die Frage aufwirft, was genau es bedeuten soll, dass diese Länder entwickelt seien, wenn sie dazu andere Völker unterdrücken müssen.

Der Zeitgeist – um noch mal darauf zurückzukommen – ist ein Begriff, der in unseren Gesprächen immer wieder auftaucht wie ein Bumerang. Die Art, wie er sich manifestiert? Das steht auf einem anderen Blatt geschrieben. Es ist schon erstaunlich, wie Begriffe unterschiedliche Formen annehmen können. Nicht zuletzt deshalb scheint es mir wichtig, daran weiterzuarbeiten, im Netzwerk-Modus konzeptuelle Werkzeuge, Ideen, Globalisierung und Zeitgeist zusammenzudenken: Arbeit, Leben und Zeitgeist in den unterschiedlichen Gesichtern der Globalisierung.

25.04.07

IV »Woran denken Sie, wenn Sie telefonieren?«

Irgendwann macht's ›ping‹.

Der Puls des Künstlers schlägt unentspannt

Olaf Arndt

Zeit kommt bei mir in den letzten drei Jahren hauptsächlich in der Kategorie »sinnlosen Verstreichens« vor. Das hat damit zu tun, dass ich zwei entscheidende Fehler verantworte, deren Folgen ich mit erheblichem bürokratischem Aufwand abzuarbeiten habe.

Ich war Leiter eines multinationalen EU-Projekts, dessen Erfolg maßgeblich davon abhing, Mittel aus bestehenden Verträgen von teils sehr renommierten Koproduktionspartnern einzutreiben. Der erste Fehler war, ein Budget so zu verplanen, dass es nur aufgeht, wenn das Finanzamt mitzieht. Der zweite Fehler war, das Projekt personell so groß zu planen, dass wesentliche Teile des Erfolgs in der Hand mir kaum bekannter Dritter liegen, während ich die Verantwortung trage. 90 Prozent der Dritten waren so genannte Künstler. Die meisten davon würden sich ohne Zögern als Radikale bezeichnen, als solche, die quer zum Mainstream, Zeitgeist und Kommerz stehen. Underground, hätte man vor zehn Jahren noch gesagt. Underground und Geld: eine explosive Mischung.

Zeitgenossenschaft spielt sich seither mehrheitlich als

rechtsförmiger Schriftverkehr zwischen diesen Künstlern und meiner Firma ab. Ich sage bewusst »meine Firma« und Künstler, nicht »ich und meine Künstlerkollegen«, denn ich bin herzlich schlecht identifiziert mit dem, was man heute so als zeitgenössische Künstlerschaft empfindet. Als Genossen habe ich immer andere, in »normaleren« Berufen Tätige empfunden, die weniger mit ihren privaten Bedeutungsekstasen befasst waren und sich mehr auf die Inhalte ihrer Arbeit konzentrieren. Das Penetranteste an den Künstlern, die mir auf meinem Weg durch die letzten Jahre mehrheitlich begegneten, ist, dass sie ihren mangelnden Erfolg in aggressive Rhetorik kleiden, statt solidarisch nach Lösungen zu suchen, wenn etwas angebrannt ist.

Unentspannt schlägt der Puls zur Stunde. Alle sind auf der Flucht oder bereits mit dem Rücken zur Wand, eingeklemmt in ihre verdammte Nische, die immer finsterer wird. Die haltlosen Ansprüche vieler junger Talente, die aus ihren extremen Ecken heraus um ein Marktsegment kämpfen, überzogene Ansprüche noch dazu, die sich aus Minderwertigkeitsgefühlen speisen, innerhalb unserer Erfolgsgesellschaft nur ein verzichtbares Element zu sein, beruhen zumeist auf einer Verwechslung von absichtsvoller Hermetik mit imaginativer Einzigartigkeit.

Der Eindruck, ich wolle mich aus Frustration rächen und berichte hier nur von schlimmen Einzelschicksalen, die nicht zu verallgemeinern sind, verschwindet hoffentlich sofort, wenn ich erkläre, dass kaum einer der Künstler verantwortlich zu machen ist für sein Verhalten. Viele, die jetzt verbittert sind, kannte ich von früher und kann daher sicher sagen, dass sie nicht mit verbogenem Charakter angefangen haben. Aber er ist oft genug demoliert worden, sukzessive klein gehämmert, zum Beispiel in zahllosen Stunden mit Antragsarbeit und bei der Lektüre von Ablehnungen. Wir sind alle Torpedokäfer, nach drei-, viermal Starten ist der Panzer voller Dellen.

Wer sich nicht rechtzeitig angepasst hat, den Zug der Zeit hat vorbeirauschen lassen, und wer fatalerweise dachte, die große Fördermittel-Gießkanne der achtziger Jahre würde sie auch weiterhin ausreichend bewässern, sie könnten ruhig in ihrer Nische bleiben, so wie Künstler ja oft denken, wenn sie nur lange genug das selbe Zeug produzieren, wird's ein Erfolg. Ja, wer also nicht zumindest ein gutes Stück neoliberaler Alertheit erfolgreich in sein Verhalten einbauen konnte, der bleibt einfach auf der Strecke. Unter Marktbedingungen wird so etwas heute ja nicht einmal mehr als besonderes Schicksal angesehen. Eine an

ständige Pleite mit Untergang von Allem und Jedem ist gewissermaßen die Feuertaufe, der Einstieg in ernstzunehmendere Geschäftszonen. Man darf allerdings nicht verkennen, dass die Bank des Künstlers seine abweichende Psyche ist. Das erklärt auch, warum der Spagat zwischen Atelier und Börse nicht auf Dauer klappen kann.

Dennoch, diese Überlegungen im Kopf, stellten die Künstler, nachdem man den Schock verwunden hatte, dass sie vom Freund zum Kläger mutierten oder statt fertig zu arbeiten, »Abfindungen« verlangen, vergleichsweise kein großes Problem dar bei unserem Versuch, eine Ausstellung auf die Beine zu stellen, die ihrem eigenen Anspruch nach weit in die Zukunft ragen sollte, inhaltlich, medientechnisch und in der Art, wie sie – mitten im öffentlichen Raum und ohne jeden institutionellen Schutzwall um sich herum – ihr Publikum erobern sollte.

Man muss, wenn man mit Künstlern Formate sprengen und Neuland betreten will, nur wissen, dass man sie nicht wie Genossen, noch weniger jedoch als Auftragnehmer behandeln oder sich auf ihre Zusagen verlassen darf. Man muss einfach einplanen, Arbeit, Zeit und Geld sinnlos zu verschwenden und darauf hoffen, dass es irgendwann »ping!« macht und es war etwas Gigantisches dabei. Oft, ich möchte sagen, immer entsteht das Große völlig nebenher und ohne Vertrag.

Am allerwenigsten können Festivaldirektoren oder Museumsleiter mit solchen Strukturen (Verschwendung, Scheitern, erfolglose Versuche etc.) umgehen. Vorsicht vor Festivaldirektoren, die einem beim Antrittsbesuch das Versprechen abnehmen, mit diesem nächsten Projekt endgültig das überkommene Alte zu sprengen, rückstandlos alles abzuräumen, was an Konvention da ist, und dann, wenn es passiert, von ihrer Verpflichtung gegenüber dem Steuerzahler sprechen oder mit vorsintflutlichen Qualitätskriterien daherkommen.

Irgendwann Anfang der 1990er konnte man kein Kunstforum der Welt aufschlagen, ohne mit dem Begriff »Betriebssystem Kunst« zusammenzustoßen. Mir wurde erst 2006 klar, dass integraler Bestandteil dieses Systems das Finanzamt und seine Peripherie ist. Freunde in anderen Berufen, Architekten, Filmemacher, Autoren, teilen mit mir ähnliche Erfahrungen. Alles verwandelt sich zu Papier. Ab einem bestimmten Grad von »Erfolg« entwirft man quasi nichts mehr, wehrt dafür aber mit zunehmend größerem

Zeitaufwand und bei schwindender eigener Energie Angriffe ab, zumeist juristische. Schadenersatzklagen treten an die Stelle von Kulturproduktion.

Ohne FiBu, Nachweis der Gewinnerzielungsabsicht und ohne Mehrwertsteuersonderprüfung gibt es kein Kunstwerk mehr. Insbesondere nicht, wenn man, wie wir, auch verwaltungstechnisch Neuland betritt und »nicht steuerbare« EU-Kunstfördermittel abgreift, die in kein System der Welt passen. Wenn ich auf die letzten drei Jahre zurückblicke, die für mich auch die ersten drei Jahre Neues Europa waren, mit zahllosen Aufenthalten in Ungarn, Tschechien, Litauen, Polen, Slowenien, dann kommt mir das nicht wie das größte und spannendste Kunstprojekt meines Lebens vor, das es hätte werden sollen, sondern wie eine gigantische Umerziehungsmaßnahme, die aus begabten Kuratoren, Theaterleuten und Medienkünstlern mittelmäßige Self-Made-Buchhalter zu machen versucht.

09.05.07

Im Cockpit der Wahrnehmung.

Über das Glück persönlicher Welträume

Franz Xaver Baier

Dem Druck der Zeit zu entsprechen – das heißt ja immer konkret: fick mich, ruf mich an, füll mich aus, rechne, denk nach, kauf mich, fahr mich, nimm mich, mach mich kaputt! Ich begegne diesem Dauerdruck, indem ich einfach morgens total beschleunige und möglichst schon vor dem

Wahnsinn alles erledige. Dann gehe ich stundenlang an die Isar oder in den Englischen Garten – oder beides. Das sprengt, löscht und erweitert die gängigen Raum- und Zeitformate. Ich sehe die Enten, die Bäume, den Fluss in souveräner Haltung und richte mich danach. Ich sehe: Es gibt für das Wesentliche keinen Zeitdruck. Wenn dann die ersten Jogger kommen, schmerzt es mich zu beobachten, wie sich die Leute in ihre Kopfhörer und in ihre Körper vermauern, wie durchgedreht sie sind und wie sie sich beim angestrengten Laufen in der Natur gegenüber dem Gesang der Sommerboten verschließen. Ja, Leute weigern sich heute, ihre Umwelt wahrzunehmen. Morgens zwischen fünf und sechs Uhr auf meinem Landgut aus dem 16. Jahrhundert in der Natur, in den Blumen, in den Tieren, Wäldern, Wiesen, etc., wo ich mich loslassen kann und den Eigenzeiten von Eiche, Buche, Tanne, Pilz, Apfel, Birne, Vergissmeinnicht und Mond hingeben kann – dort habe ich am meisten Weltraum. So viele verschiedene Zeiten und noch unzählige viele mehr.

Wie schon Heidegger in »Sein und Zeit« gezeigt hat, sind die Faktoren Raum und Zeit immer sowohl sehr existentiell, als auch sehr konkret. Wir können heute einsehen, dass alles noch viel existentieller und noch viel konkreter ist, als die Philosophen es je gedacht haben. Meine Forschung zeigt, dass es keinen Sinn mehr macht, von einer allgemeinen Zeit und einem allgemeinen Raum zu sprechen. Denn wie wir wissen, hat jedes Lebewesen, jede Pflanze, jede Zelle, jede Handlung eine je eigene Zeit und einen je eigenen Raum, welche sich mit dem Leben entfalten und wieder vergehen. Zeit und Raum gehören auch in eine Dynamik, Technik,

Epoche. Meine umfangreiche Sammlung von Jahrmillionen alter Ammoniten, antiker Dinge, griechischer und römischer Vasen und Gemälde; aber auch eine Sammlung alter Berge erinnert mich mit Reinhold Messner jeden Tag daran, wie weitausgedehnt Geschichte gelebt werden könnte. Wir könnten in Äonen leben (circa 25.000 Jahre), in kosmischen Uhren. Aber wir leben eher wie Eintagsfliegen wo »Jeder Tag eine neue Welt« (Tschibo) sein soll.

Meine Forschung zeigt, wie sehr das Gefüge von Raum und Zeit von unserer persönlichen Lebensführung und Lebensstruktur abhängt. Das bedeutet: Fahr ich auf's eher elegische Land? Geh ich in die rastlose Stadt? Nehm ich den schnellen oder den langsamen Wagen, jette ich, jogge ich neben dem Wagen her oder fahr ich auch mal Eisenbahn wieder? Je nachdem verengt oder weitet sich, hebt oder senkt sich, streckt oder rundet sich der persönliche Weltraum. Wenn ich meinen alten Aston Martin auf 240 beschleunige, wird es etwas eng um mich herum. Enge ist Raum. Schnelligkeit ist Zeit. Beides gehört zusammen. Wenn ich nun zugleich (nicht gleichzeitig!) – also während der Fahrt – mein Lieblingsgedicht von Friedrich Hölderlin »Mit gelben Birnen hänget und voll mit wilden Rosen das Land in den See ...« brülle (nicht lese! Nicht über Hörbuch höre!), wenn ich anschließend mit der Freundin ganz laut das »Ave Maria« singe im heißer werdenden Hochsommer, dann dehnen sich Zeit und Raum doch wieder insgesamt bis wir glauben – in alle Ewigkeit.

Wenn ich aber schwere Kisten mit Büchern, Ökolebensmitteln oder meine Freundin in die dritte Etage meines Refugiums hoch schleppe, so ist die Wohnung umso weiter entfernt – und es dauert umso länger, je mehr ich unter der Last stöhne. Das ist natürlich auch ein Bild dafür, dass unsere räumliche Ausdehnung anscheinend abnimmt, je mehr wir unsere Körper belasten. Deshalb beschweren kluge Leute wie Karl Lagerfeld ihren Körper möglichst wenig, um nicht träge zu werden, um nicht plump und stumpfsinnig zu werden und um nicht an irgendeiner Stelle ihres Weltraums wie ein Kaugummi zu kleben oder wie ein Stein zu versinken. Denn es geht um die schwebende Existenz und um das Offenhalten der Welt. Da die Unwissenheit im Umgang mit eigenem Raum und eigener Zeit in der Bevölkerung heute Krankheiten, Angst, Depression und allerlei Unwohlsein bewirkt, weil die Menschen einfach nicht wissen, wie sie sich selbst und ihren Kindern permanent ihren Lebensraum und ihre Lebenszeit einengen lassen, so verlernen Menschen in größeren raumzeitlichen Formaten zu leben. Sie verlernen den Langmut, den weiten Atem, die kosmische Erregung, Einklang. Eigentlich müsste das alles schon mal in den Schulen und der persönlichen Erziehung als Lebensvorbereitung anklingen. Thema: Vom Umgang mit Raum und Zeit.

Dank meiner guten Position innerhalb der zeitgenössischen Gesellschaft kann ich es mir leisten, Raumexperimente aller Art durchzuführen. Ich kann mich zum Beispiel, wie die jungen griechischen Mysten, tagelang in einem dunklen Raum aufhalten, um am dritten Tag das (neue) Licht der Welt (für dumme Leser = das alte) zu erblicken in Form einer Kornähre, eines Korns oder eines frischen Pils'. Ich kann schöne Experimente mit meinen Studenten machen. Zum Beispiel empfehle ich einem Studenten, der Höhenangst hat, morgens einen Melissentee und eventuell (freiwillig) ein Weißbier (auf nüchternen Magen!) zu trinken, bevor wir dann auf den Alten St. Peter steigen mitten in der Stadt, um einen grandiosen Blick in die Umgebung, die Alpen und die Weite der Existenz zu stimulieren. Nachher haben alle viel mehr Zeit.

30.05.07

Zum Stillstand kommen.

Zwei Seiten für ein ganzes Leben

Kolja Mensing

Vor kurzem las ich im Wirtschaftsmagazin »brand eins« einen Artikel über die Elektronikkette Best Buy und ihr vermeintlich revolutionäres Arbeitszeitsmodell. Die Angestellten des US-amerikanischen Unternehmens dürfen sich ihre Tage offenbar vollkommen frei einteilen und müssen während der Arbeit nicht einmal im Büro anwesend sein. »Results-only work environments« lautet der Fachbegriff für diese Art von Arbeitsorganisation, bei der allein die Ergebnisse zahlen.

Mir kam das vertraut vor. Als freier Journalist und Literaturkritiker verdiene ich mein Geld bereits seit zwölf Jahren unter diesen Bedingungen. Meine Auftraggeber in den Zeitungsredaktionen und Radiosendern interessiert es wenig, wann und wo und wie ich arbeite, solange ich nur halbwegs pünktlich die gewünschten Texte abliefere. Genau wie die Angestellten von Best Buy bin ich ganz allein für die Kontrolle meiner Arbeitszeit verantwortlich und befinde mich daher in einem Zustand der permanenten Selbstdisziplinierung. Und natürlich der maximalen Selbstausbeutung. Schließlich steht jede Minute meines Tages, die ich nicht auf das Schreiben von Artikeln und Beiträgen verwende, unter dem Verdacht der sinnlosen Verschwendung von Ressourcen.

Nun bin ich nicht nur Journalist und Kritiker, sondern auch Schriftsteller. Gut möglich, dass sich das rigide Kosten-Nutzen-Modell meiner journalistischen Arbeit auf die formalen und inhaltlichen Aspekte meiner literarischen Produktion ausgewirkt hat. Zumindest ist keine der Geschichten in meinem Erzählband »Minibar« länger als vier oder fünf Seiten. Vielleicht steckt hinter dem Bemühen um eine extrem verknappte Form tatsächlich der Wunsch nach größtmöglicher Sinnproduktion auf kleinstem Raum. Zwei Seiten für ein ganzes Leben zwischen Alkohol und Wahnsinn. Das Scheitern einer Liebe auf achttausend Zeichen. Results only, auch hier zählen nur die Ergebnisse.

Auf jeden Fall ist in meinen »kurzen Erzählungen« für sprachliche Verzierungen oder rhetorische Figuren genauso wenig Platz wie für Landschaftsbeschreibungen oder innere Monologe. Ich versuche ausschließlich, die Mechanik einer Begegnung zwischen zwei Menschen oder die versteckte Dramaturgie einer Biographie auf wenigen Seiten bloßzulegen.

Auf den ersten Blick wirken die Geschichten allein wegen dieser auffälligen Differenz zwischen »Erzählzeit« und »erzählter Zeit« (wie die Literaturwissenschaftler es nennen) tatsächlich »schnell geschnitten«, und der Vergleich mit der rasanten Unterhaltungsformaten der so genannten MTV-Generation liegt wohl nahe. Ich könnte mir allerdings vorstellen, dass die radikale Verknappung der sprachlichen Mittel viel eher dazu führt, dass meine Geschichten »langsamer« werden, weil sie Brüche, Lücken und Leerstellen hervortreten lassen, in denen Zeit mitunter ganz zum Stillstand kommen kann: Die Momente, in denen zum Beispiel ein Familienvater überlegt »sein ganzes Leben mit einem Streichholz und einem Benzinkanister in Flammen aufgehen zu lassen« oder ein namenloser Erzähler sich am Schreibtisch in einer detailverliebten und melancholischen Erinnerungsschleife verliert.

Man kann sich als Schriftsteller allerdings noch so bemühen, in seinen Texten die Zeit zu manipulieren: Am Ende übergibt man das eigene Produkt selbst der Zeit beziehungsweise dem »Zeitgeist« zur Überprüfung. Manchmal erfüllen sich Erwartungen, häufig erlebt man auch Überraschungen. So fanden Rezensenten in »Minibar« unter anderem die »Welt der 30- bis 40jährigen Stadtmenschen« wieder, erkannten ein »Lebensgefühl der müden Erwartungslosigkeit« und riefen mit Blick auf andere Veröffentlichungen werbewirksam »die Rückkehr der kleinen Form« als literarischen »Trend« aus.

Ich vermute, dass es das ist, was Adorno und andere mit der »Verdinglichung« der Zeit in der Epoche des Kapitalismus gemeint hat. Es wäre jedoch falsch zu behaupten, dass ich mich diesem Prozess lieber entziehen würde. Results only, das gilt auch für den Markt der Eitelkeiten. Und die Eitelkeit der Schriftsteller ist ein ... zeitloses Phänomen.

11.07.07

Musik ist weder Zeit noch Geld.

Wie die Mayas dem Zeitdruck beikamen

Dirk Dresselhaus alias Schneider TM

Ich habe mich eigentlich nie mit Zeit beschäftigt, bis ich mit 18 Jahren als untauglich für den Wehrdienst befunden wurde und meine Mutter mir erzählte, dass ich ja jetzt zwei Jahre gewonnen hätte, die ich unbedingt für eine schnelle Beendigung einer Ausbildung oder eines Studiums nutzen solle. Diese Art von Logik konnte ich nicht wirklich nachvollziehen und brach die Schule ab, um forthin rumzugammeln und Musik zu machen. Da meine Eltern davon nicht so begeistert waren wie ich, stellten sie abrupt jegliche finanzielle und moralische Unterstützung ein, woraufhin ich angefangen habe, mich mit Jobs als LKW-Fahrer, Schraubenlegierer, Marktforscher, Bücherkommissionierer etc. über Wasser zu halten. Das allerdings stahl mir sehr viel Zeit zum Rumgammeln und Musikmachen und ich beschloss, fortan nur noch Musik zu machen, aber auch etwas weniger rumzugammeln, damit ich vor mir selbst ethisch vertreten konnte, in Zukunft für Musik bezahlt zu werden. Zeit und Geld schienen auf einmal zusammenzuhängen. Jetzt interessiere ich mich eher für die Brüche in diesem Zusammenhang.

Ich versuche, so gut es geht, in meiner eigenen Zeit oder Geschwindigkeit zu leben und eher meiner Intuition zu folgen als irgendwelchen von äußeren Zwängen vorgegebenen Zeitrastern. Es gibt Zeiten, in denen der Fluss der Dinge eher schnell ist, und andere Zeitabschnitte, in denen alles extrem zäh und langsam geschieht. Die subjektive

Wahrnehmung der Zeit scheint sowohl von außen als auch von innen gesteuert zu sein, was für die Mikro- / Makrokosmos-Theorie spricht, und dafür, dass irgendwie alles zusammenhängt. Ich habe beobachtet, dass, wenn man versucht gegen den universellen Rhythmus zu leben, was heißt, schneller oder langsamer als das Tempo zu sein, das die eigene Intuition vorgibt, es entweder zu starker Ungeduld oder Erschöpfung (Burnout-Syndrom) führen kann. Da ich ein tendenziell langsamer Charakter bin, halte ich es mit dem buddhistischen Sprichwort: »Wer schnell sein will, muss langsam gehen.«

Beim Musikmachen gibt es verschiedene zeitliche Situationen, wobei es mir grundsätzlich darum geht, durch Musik einen Raum zu betreten, der die Idee von Vergangenheit und Zukunft ausblendet und sich ausschließlich im Jetzt befindet. Das ist allerdings leider nicht immer einfach, da es durch den überwiegenden Anteil an organisatorischer Arbeit oft nur kleine Zeitfenster zum Spielen gibt, in denen ich alles andere ausblenden kann. Auf der anderen Seite ist ein gewisser Zeitdruck manchmal sehr inspirierend und legt kreative Reserven frei, die bei zu großen Zeitfenstern im Dunkeln schlummern. Letztendlich ist gerade bei Musik das Timing das Wichtigste. Das Richtige muss zur richtigen Zeit geschehen.

Mein Track »More Time« ist während einer dreitägigen Session mit meinem Freund und Schneider TM-Partner Michael Beckett (alias Kptmichigan) entstanden. Da Michael nicht in Berlin wohnt, haben wir grundsätzlich viel zu wenig gemeinsame Zeit, um neue Musik zu entwickeln, und versuchten, in dieser kurzen Zeit möglichst viel

Musik aufzunehmen. Dadurch entstand eine Situation des Zeitdrucks, der sich zunächst extrem kontraproduktiv auswirkte, und wir haben bemerkt, dass, wenn man über Zeit(-mangel) nachdenkt, die Zeit auch sehr viel kürzer scheint, als wenn man sich auf das Wesentliche konzentriert. Erst dann entsteht eine Situation, in der man mit der universellen Zeit fließt. Ich habe interessanterweise vor kurzem herausgefunden, dass es Parallelen zwischen den Pattern der immer kürzer werdenden Gesangslinien von »More Time« und den sich beschleunigenden Zyklen des Mayakalenders gibt, was daran liegen kann, dass wir unser Zeitproblem in diesen drei Tagen unter anderem mit Hilfe von mexikanischen Pilzen gelöst haben.

Meine Empfindung von Zeit drückt sich insofern in meiner Musik aus, als dass aktuelle musikalische oder modische Trends immer weniger Einfluss auf meine Arbeit haben und ich eher meinen eigenen Zyklen folge, was aber nicht als fundamental antizyklisch oder ignorant verstanden werden darf. Ich mag durchaus auch Sachen, die gerade aktuell sind, aber ich habe bemerkt, dass sich, vor allem popkulturell, vieles im Kreis dreht; zwar in immer etwas anderer Form, aber grundsätzlich irgendwie auf Wiederholung / Retro basierend und immer schneller. Dieses Phänomen und auch die seit Jahren bestehenden, sich langsam auflösenden / gesundschrumpfenden Strukturen in der Musikindustrie, zu denen ja auch mittelständische »Indie«-Labels zählen, wirkt auf mich momentan fast schon reaktionär, und das ist für mich nicht Ziel und Funktion von Musik.

Das Problem ist, dass viele Musiker und Labels vorwiegend daran interessiert sind Geld zu verdienen (und / oder es nicht zu verlieren) und deshalb ängstlich und risikofeindlich werden. Für mich hat ein misslungenes musikalisches Experiment, bei dem man das Gefühl hat, dass Leidenschaft im Spiel war, immer noch mehr Kraft und Unterhaltungswert als irgendeine perfekt umgesetzte, auf den neusten Stand der Technik hochproduzierte und ausgewalzte Kopie einer Idee von 1981.

Ich glaube, die Menschheit steht kurz vor einem fundamentalem Bewusstseinssprung, der unsere Wahrnehmung von Zeit und Raum neu definieren (allein schon durch das WWW), dualistisches Denken aufheben und spirituelles Wachstum begünstigen wird. Das hat höchstwahrscheinlich (oder hoffentlich) auch den Zusammenbruch der jetzigen Form von Weltwirtschaft zur Folge, die vorwiegend auf hierarchischen Strukturen und der Ausbeutung bzw. Zerstörung des gesamten Planeten basiert.

Unser neues Label MirrorWorldMusic (MWM) soll uns (und langfristig auch anderen) als Plattform dienen, auf der wir unabhängig von Vertriebs- und sonstigen Strukturen sehr unmittelbar Musik veröffentlichen können, insofern und sobald wir sie für veröffentlichswürdig halten. Das heißt, das neben einer »Schneider TM« und »Lustfaust 7« zum Beispiel, die wir selbst über unsere Website weltweit vertreiben, hauptsächlich möglichst hochaufgelöste Downloads angeboten werden. Neben neuen Sachen werden wir in den nächsten Monaten auch nach und nach Michael Becketts und meinen kompletten Backkatalog auf die Website stellen, der mit Bands wie »Locust Fudge«, »Tuesday Weld« und »Hip Young Things« bis in die frühen neunziger Jahre zurückgeht, um Zusammenhänge und unsere musikalischen Entwicklungen darzustellen. Bei neuen Veröffentlichungen sind wir allerdings auch offen für Kooperationen mit anderen Labels, denen wir Lizenzverträge für physikalische Tonträger verschiedener Territorien anbieten können. Das verschafft uns hundertprozentige künstlerische Freiheit und die Chance, uns langfristig in einem organisch gewachsenen, aber flexiblen Netzwerk zu bewegen, das sich hoffentlich trägt, aber nicht hauptsächlich auf Profitmaximierung basiert.

01.08.07

Vernetzte Gegenwart.

Schreiben, einfach weiter schreiben

Yoko Tawada

Mozart komponierte so schnell, dass einer aus unserer Zeit nicht einmal schneller seine Noten abschreiben kann. Japanische Postboten vor dreihundert Jahren brauchten keine Woche, um von Tokio bis Kioto zu Fuß zu gehen. Wir sind langsam geworden und denken, dass wir uns nur deshalb langsam vorkommen, weil die technische Entwicklung unmenschlich schnell ginge. Ich teile nicht die Nostalgie nach der guten, alten Zeit, in der alles langsamer gewesen sein soll. Es ist dennoch wahr, dass es heute einen Zeitdruck gibt: das Gefühl, immer schneller mehr, öfter, größer und billiger produzieren zu müssen.

Das einzige, was ich gegen diesen Druck machen kann, ist schreiben, einfach weiter schreiben an poetischen Texten. Denn im Schreiben messe ich die Zeit anders und somit befreie ich mich vom Zeitdruck.

Meine Geschichten haben weder einen Anfang noch ein Ende. Es ist eine einzige vernetzte Gegenwart, die sich durch Missverständnisse und Musik stets verschiebt. Ich will keine Familiengeschichte erzählen, denn ich will die Identität einer Figur nicht durch ihre Herkunft herausbilden, sondern nur durch ihre Gegenwart. Auch die Planung der Zukunft interessiert mich nicht. Wenn man die Gegenwart wach hält, sieht man den Zeitraum, den man gerne als Zukunft bezeichnet, schon hinter sich.

Wenn man einen Text übersetzt, kann man ihn in die Gegenwart hinein holen. Man sagt zum Beispiel, man könne Hermann Hesse den heutigen Jugendlichen nicht anbieten, weil seine Sprache veraltet sei. In Japan oder in den USA werden seine Bücher immer wieder in eine neuere Jugendsprache übersetzt und deshalb von den pubertierenden Menschen auch weiterhin gerne gelesen. Die Pubertät hat etwas, was man gerne hinter sich hat, genau wie Hesses Bücher. Aber sein Gestank ist mir gerade deshalb manchmal sympathisch.

Es war klug, dass Okakura Kakuzo »The Book of Tea« (1906) auf Englisch schrieb. Das Buch wurde seitdem immer wieder erneut ins Japanische übersetzt. Sonst wäre seine Sprache heute zu veraltet und schwer verständlich für junge Menschen. Der Originaltext bleibt in seiner Zeit, spürt aber den Blick, den seine Übersetzungen aus der Zukunft auf ihn werfen.

Ich versuche, jeden Morgen als erstes an meinem literarischen Text zu arbeiten. Denn direkt nach dem Aufwachen gibt es in meinem Kopf noch keinen Überblick über die Tagesordnung. Ich kann mich noch an keinen Termin erinnern und daher kann ich vermeiden, meine Kraft vernünftig aufzuteilen. So gieße ich meine ganze Kraft in den nächsten kleinen Satz hinein, den ich schreiben will, als hätte ich an dem Tag sonst nichts vor.

Mein Umgang mit der Zeit ist unterschiedlich je nach Buch. Oft kämpfe ich gegen die Vorstellung einer linear fortlaufenden Zeit, indem ich nur kleine Fragmente schreibe und sie so nebeneinander stelle, dass sie an der Berührungsstelle mit dem direkten Nachbarn einen Funken erzeugen. Die Chronologie spielt keine Rolle und es soll kein durchgehendes System entstehen.

Das Wort »Zeitgeist« ist wahrscheinlich sehr deutsch. Neulich hörte ich dieses Wort in den USA als Fremdwort. Es gibt ein japanisches Wort dafür, »Jidai-Seishin«, aber dieses Wort findet man nur in der Übersetzung von Hegel. Man spricht vom »Fluss der Zeit« (Jidai no nagare), um die Denkweisen, die Verhaltensweisen und die Werte zu bezeichnen, die sich mit der Zeit ändern. Das Wort hat aber einen unangenehmen Beigeschmack, denn es impliziert, dass die einzelnen Individuen eigentlich dagegen sind, aber nicht anders können, weil der Fluss der Zeit stärker ist.

12.09.07

Alles überstürzen.

Philosophie ist Selbstbeschleunigung

Marcus Steinweg

Philosophie ist Widerstand gegen den Zeitgeist, gegen die Beschleunigungszwänge, gegen die Verlangsamungsappelle ihrer Zeit. Philosophie ist nicht anachronistisch, sie ist diachronistisch, das heißt sie durchquert ihre sozial, politisch, ökonomisch, kulturell etc. kodierte Zeit. Die Philosophie kennt ihre eigene Geschwindigkeit. Manchmal liegt ihre Beschleunigung in der Zurückhaltung, in einer gewissen theoretischen Distanzierung und Abstinenz im Verhältnis zu den »Problemen der Zeit«. Manchmal beschleunigt die Philosophie, indem sie verlangsamt, indem sie sich entschleunigt oder sich totstellt.

Die Gewalt der Philosophie liegt in dieser Beschleunigung, die etwas anderes als das bloße Gegenteil der Entschleunigung ist. Die Selbstbeschleunigung der Philosophie meint ihre Öffnung auf die Dimension des Unentschiedenen, der Zukunft, der Kontingenz. Die Selbstbejahung des philosophischen Subjekts als Subjekt dieser Öffnung ist eine notwendig überstürzte Affirmation. Das Subjekt bejaht, was es nicht kennt. Die Selbstbeschleunigung der Philosophie ist eine solche Überstürzung. Wer behauptet, dass es Überstürzung nicht auch als Abstinenz von ihrer Zeit gibt, als Diskretion vom Zeitgeist, solange seine Beschleunigungszwänge der Fixierung der etablierten Realitäten zuarbeiten?

Es gibt Philosophie nur als Behauptungsphilosophie. Eine Behauptung ist immer zu schnell. Immer überhastet, immer übertrieben und kopflos. Und dennoch hat die philosophische Behauptung ihre eigene Präzision. Philosophie ist eine Lebensform, die das Subjekt der Philosophie (die Philosophin, den Philosophen) über seine Gewissheiten hinwegreißt. Das Subjekt der Philosophie beschleunigt über seine objektive Realität im etablierten Realitätsfeld hinaus. Was ist ein Subjekt? Subjekt ist, was sich auf seinen Objekt-Status nicht reduzieren lässt, was sich der Verdinglichung durch die historischen, politischen, ökonomischen, kulturellen Umstände widersetzt.

Das Subjekt ist deshalb immer Subjekt eines gewissen Widerstands. Es ist Subjekt der Selbsterhebung angesichts dessen, was diese Erhebung erschwert oder verhindert. Es ist Subjekt, insofern es versucht, Subjekt zu sein und zu werden, Subjekt der Subjekt-Werdung, selbstaffirmatives Subjekt. Subjekt ist, was sich als Subjekt bejaht. Es bejaht seine Freiheit zur Entscheidung und die Verantwortung, die sie mit sich bringt. Das affirmative Subjekt will frei und verantwortlich für seine Handlungen und Entscheidungen sein. Es macht sich frei für seine Freiheit, statt sich in seine faktische Ohnmacht und Unfreiheit zurückzuziehen. Das affirmative Subjekt tritt nicht zurück, es tritt hervor. Es bejaht sich als Autorität von Handlungen, die es nie ganz kontrolliert.

Die Zeiterfahrung der Philosophie ist Erfahrung dieser Kontrolllosigkeit. Die Zeiterfahrung der Philosophie ist Erfahrung der Fragilität, der ontologischen Unbestimmtheit, das heißt der Konstruiertheit, des fiktionalen Status ihrer Zeit und Realität. Zu keinem Zeitpunkt in der Geschichte der Philosophie ging es der Philosophie darum,

»Ansichten über die Zeit« zu formulieren. Das ist Journalismus, das ist Literatur. Die Philosophie beginnt mit dieser Weigerung, Ansichtssache zu sein. Sie überschreitet (zumindest ist das ihr Selbstverständnis) die Literatur und den Journalismus.

Das gehört zu ihrem Selbstverständnis: die Überschreitung der immer reaktiven, oft reaktionären, Partikularismen der Meinungsäußerung und Interessensökonomien. Das ist der philosophische Universalismus, den man verkennt, wenn man nicht begreift, dass die Gewalt dieses Universalismus sich der Gewalt des Relativismus als Behauptung, statt als Beweis oder Meinung entgegenstellt. Der philosophische Universalismus hat nichts in der Hand. Er greift nach dem Ungreifbaren. Er ist Berührung des Unberührbaren. Und er verteidigt diese Eigentumslosigkeit als sein Eigentum.

Selbstbeschleunigung ist Selbstentgrenzung. Das Subjekt der Selbstbeschleunigung tritt mit der Unschuld, mit der Inkommensurabilität und Unlebbarkeit des Lebens in Kontakt. Die Unlebbarkeit des Lebens meint seinen Kontingenz-Charakter, seine ontologische Arbitrarität. In der Öffnung auf diese Arbitrarität ist das Subjekt erst frei. Das ist das Paradox der Erfahrung der Selbstbeschleunigung: dass sie dem Subjekt seine Freiheit und Unfreiheit in einem enthüllt. Weil ich nicht frei bin, bin ich frei. Im Raum meiner Unfreiheit (gesellschaftlichen, sprachlichen Kodifiziertheit), bleibt noch alles zu tun. Adorno sagt: »Es gibt kein richtiges Leben im falschen.« Wo denn sonst?

Ich denke: Wenn die Entschleunigung, von der in der Berliner Gazette die Rede ist, das Subjekt über den Zwang zur Beschleunigung im Sinne kapitalistischer Effizienz (also eines sehr mutlosen, sehr beschränkten Begriffs von Effizienz) hinausbeschleunigt, dann könnte diese Entschleunigung eine Form der Selbstbeschleunigung des Subjekts darstellen, die verhindert, dass es sich den Forderungen der Tatsachenökonomien beugt.

19.09.07

Lackmustest für Subjektreserven.

Zur Sabotage von Aktionsautomatismen

Joseph Vogl

Die Zeit der wirklichen Beschleunigungsdramen ist, glaube ich, vorbei. Das war die Sache des 20. Jahrhunderts. Es mag zwar sein, dass heute Monate wie früher Tage vergehen, das alles aber hat nicht nur mit erhöhten Geschwindigkeiten und deren Infrastrukturen, mit dem Schwinden zeitlicher Ressourcen und gesteigerten Ungeduldsqualen zu tun. Viel eher scheinen mir Zeitverläufe selbst ihre ordnende, strukturierende und somit zwingende Funktion verloren zu haben. Wenn Fristen, Zeitdruck und eine fliehende Zeit einmal das Maß für biographische Umständlichkeiten, für Hast und Überstürzung, für Verfehlungsängste und atemlose Glücksfälle, also für intensive Zeiterfahrungen gewesen sein mögen, so folgt die Zeit heute eher einer Logik der Zerstreuung. Damit sind zwei Dinge gemeint.

Einerseits haben sich Zeit-Ökonomien vervielfältigt und voneinander entkoppelt, private und öffentliche Zeit, Arbeits- und Mußezeiten, intime Zeitinseln und Weltzeiten können lose verbunden nebeneinander bestehen und müssen nicht unbedingt mehr in einem übergreifenden Zeithorizont koordiniert werden. Andererseits hat die Zeit die Fähigkeit zur symbolischen Distinktion eingebüßt. Das betrifft die Unterscheidung von Lebensaltern ebenso wie die Erfahrung biographischer Dynamiken – altersloses Altern und juvenile Dauerkrisen sind wohl die Symptome der Sarkozy-Generation. Es ist also weniger der Druck der – natürlich immer noch drängenden, stets knappen – Zeit, der einen auf empfindliche Weise irritiert, sondern die vage Ahnung, dass die Zeit zu einer desolidarisierenden Größe geworden ist.

Haben lange Zeit unsere Gesellschaften – so oder so – funktioniert, sofern sie den individuellen wie kollektiven Lebensprozessen einen verbindlichen Rhythmus, einen vorhersehbaren Takt verpassten, so ist diese soziale Zeitressource nun geschwächt und unwirksam. Diese Zeit hat labyrinthischen Charakter und bringt neue Zumutungen mit sich: Es gibt keinen verlässlichen sozialen, natürlichen, biographischen Zyklus, der das individuelle Zeitmanagement systematisch entlasten würde. Wie Mikro-Unternehmen muss man seinen Takt, seinen kleinen temporalen Haushalt täglich neu erfinden – eben darum kann man kaum guten Gewissens behaupten, jemals mit einer Sache wirklich fertig zu werden. Dauerndes Anfangen und eine stets neu improvisierte Taktung – dafür wird es eine Regel und eine Antwort vielleicht erst in einer nächsten und jüngeren Generation geben.

Sofern Geschichte und Historiographie eine theoretische Herausforderung darstellen, geht es dabei um die Sichtung und Unterscheidung von Zeitformen, die sich als Milieu von unterschiedlichen Ereignissen und Ereignisgestalten ausmachen lassen. Welche innere Dauer haben Ereignisse? Wie verknoten sich in ihnen momenthafte und anhaltende Prozesse, drastische und unmerkliche, lange wirksame und ephemere Veränderungen? Wie kann man Epochen und Epochenschwellen nicht nur in der Zeit, sondern durch unterschiedliche Zeitgestalten charakterisieren? Lässt sich eine Typologie von historischen Zeiterfahrungen erstellen? Inwiefern lässt sich von Politiken der Zeit und ihrer Interventionskraft sprechen?

Welche Aktivitätspotentiale werden durch Zeitökonomien organisiert? Was bedeuten Zeiten des Zorns oder der Angst, der Hoffnung oder Resignation, der Langeweile oder der heillosen Verspätung? Welche glücklichen oder schrecklichen Erfahrungen werden mit Wiederholungen und Unwiederholbarkeiten gemacht? Die Zeit ist also kein einheitlicher, chronologisch abzählbarer Stoff, sondern eine Mannigfaltigkeit und bestimmt so den Verlauf der Geschichte wie deren Wahrnehmung, sie bestimmt die innere Konsistenz von – sozialen, physikalischen, lebenden – Systemen in unterschiedlichen, kurzen und langen, reversiblen und irreversiblen Verlaufsformen; man steckt stets in verschiedenen Zeitschichten. Ihre Lagerung, ihre Begrenzung und ihre Verwerfungen fordern die Entwicklung eines historischen Zeit-Sinns heraus.

Das Zaudern verstehe ich weniger als persönliche und psychologische Angelegenheit denn als eine systematische Reflexionsgröße. Sein Ort ist – wie unterschiedlich die Szenarien sein mögen – eine Zwischenzeit: eine Unterbrechung, ein Riss, eine Art Anschlussfehler, der die Frage nach der Fortsetzbarkeit von Handlungsketten und Geschehensprozessen stellt. Im Zaudern mag durchaus Entscheidungsdruck mit Entscheidungsnot kombiniert und somit eine Selbstüberforderung des Erlebens gegeben sein; genauer noch aber artikuliert sich in ihm ein Möglichkeitssinn, der im Spiel von Alternativen und Optionen auch die Konsistenz von Weltlagen erprobt. Gibt es eine Brücke zwischen individueller Erfahrung und allgemeiner Reflexionskraft im Zaudern, so besteht sie im Moment eines entzogenen oder fehlenden Grunds: eine gestundete Zeit, in der sich eine noch unbegründete Zukunft artikuliert.

Es geht weniger um Beschleunigungszwänge und deren Handhabung, sondern um die Frage danach, wieviel Ich-Anteile überhaupt an Handlungsweisen und Aktionen beteiligt sind. Nicht Ich, sondern man handelt, man agiert und reagiert, folgt mehr oder weniger wahrscheinlichen, mehr oder weniger programmierten Handlungsmustern. In dieser Hinsicht ist das Zaudern immer wieder als Lackmustest für Willensprobleme und Subjektreserven erschienen. Eine Probe auf die Art und Weise, wie Handlungen zugeschrieben und verantwortet werden: das Zaudern ist die andere Seite der Dezision.

Könnte man von einer gegenwärtigen Kultur der Schlag-Fertigkeit sprechen, die von der Entfesselung von Aktionsautomatismen – Schlag auf Schlag – bei verminderter Verantwortlichkeit charakterisiert ist, so reserviert sich das Zaudern eine gegenstrebige Aktivität. Ich meine damit eine idiosynkratische Genauigkeit, die von festen Urteilssystemen, scheinbaren Notwendigkeiten, von der Endgültigkeit von Lösungen und Konsequenzsucht irritiert wird. Das Zaudern dringt auf Revision. Und es unterstellt, dass in gegebenen Lösungen ungelöste Fragen und Probleme insistieren. Im Zaudern macht sich also eine Art komplizierender Sinn bemerkbar.

In der historischen Perspektive erschien mir das Zaudern – von antiken Helden bis zu modernen Figuren der Unschlüssigkeit – der Schatten einer abendländischen Kultur der Tat und der Bewerkstelligung zu sein. Im Zaudern verdichteten sich sozusagen die ungeborenen Möglichkeiten der Geschichte. Und so zeichnet das Zaudern vielleicht auch heute eine begründete Aktionsallergie aus: eine Art Schwellenkunde, die sich um die Nutzung von Einspruchsfristen kümmert. Zu bestehenden Zwangslagen entdeckt das Zaudern die entsprechenden Probleme und Fragen, und es folgt einer intellektuellen Verfahrensweise, die das Weitermachen versuchsweise bestreikt. Foucault hat einmal von einer »kritischen Ontologie unserer selbst« gesprochen – das Zaudern hätte einen Anteil an dieser Methode: Die Gegenwart wird ausgedehnt und angehalten und nimmt eine Gestalt an, die dann keineswegs unvermeidlich und seit langem programmiert erscheint.

26.12.2007

Literaturmasochismus.

Fluchtlinien aus dem Generationen-Gefängnis

Kolja Mensing

Ich bin in den Achtzigerjahren aufgewachsen. Eigentlich war das eine recht angenehme Zeit. Zumindest herrschte selbst in einer niedersächsischen Kleinstadt kein Mangel an identitätsstiftenden Angeboten für Jugendliche. Die Popkultur und ihre angeschlossene Verwertungsindustrie stellten eine feindifferenzierte Matrix aus Musik, Mode und maschinellen Technologien zur Verfügung, auf der jederzeit spontane Verknüpfungen möglich waren. Hier ging es allerdings weniger um Freundschaft und Gemeinschaft als um lose Bindungen: Ein neues Album von U2 konnte auf dem Schulhof intensive, aber zeitliche beschränkte Allianzen schaffen, genau wie der rege Tauschhandel mit gewaltverherrlichenden Computerspielen und indizierten Videofilmen.

Ich verbinde mit dieser Zeit darum in erster Linie ein kollektives Abtasten medialer Oberflächen. Dazu gehörten gelegentlich übrigens auch die bedruckten Seiten von Büchern. »Wir Kinder vom Bahnhof Zoo« bot Schulschwänzern und Kirchentagsfahrern gleichermaßen eine breite Projektionsfläche für urbane Drogenphantasien und sexuelle Sehnsüchte, während sich um Douglas Adams Science-Fiction-Satire »Per Anhalter durch die Galaxis« damals zum ersten Mal jene Koalition von Indierockfans, Computernerds und gut gelaunten Post-Apokalyptikern sammelte, die in den späten Neunzigerjahren unter dem Label der New Economy Ernst machen sollte. Aber das nur am Rand.

Bücher waren auf jeden Fall meins. Schon bald musste ich jedoch feststellen, dass sie für das Spiel mit den zeitlich begrenzten Gruppierungen und wechselnden Allianzen auf der Matrix der Achtzigerjahre (und auf dem Schulhof) weniger geeignet waren als zum Beispiel Schallplatten und Turnschuhe. Lesen vereinzelt, vor allem wenn man es mit einer gewissen Ausdauer betreibt. Und zwar nicht, wie Kulturpessimisten gerne behaupten, weil die anderen nicht lesen, sondern weil die anderen immer etwas anderes lesen.

Immerhin bot die Popkultur damals für dieses Problem eine Haltung an, eine Art spätbürgerlichen Trotz, den »The Smiths« im Jahre 1986 auf ihrem Album »The Queen is Dead« so formulierten: »A dreaded sunny day / So I meet you at the cemetery gates / Keats and Yeats are on your side / While Wilde is on mine.« Das klang gut. Als ich später als Student einige Zeit im Land von Morrissey und John Keats verbrachte, stellte sich dennoch heraus, dass der vielbeschworene Kontakt über die »kulturellen Grenzen hinaus« auch unter angehenden Akademikern und Geisteswissenschaftlern kaum durch ein Gespräch über Literatur zustande kommt. Man trinkt ja doch lieber Bier, als über Lyrik zu reden.

Meine ganz persönliche Reaktion auf das Dilemma des Lesens bestand darin, entgegen diesen nicht gerade ermutigenden Erfahrungen ausgerechnet die Literaturkritik zu meinem Beruf zu machen. Vielleicht war auch das einfach Trotz. Mittlerweile rezensiere ich seit fast fünfzehn Jahren für Zeitungen und Radiosender und versuche so, Bücher im kulturellen Feld der Gegenwart zu verorten und für kollektive Zugänge zu öffnen. Das kann durchaus eine schmerzhafte Erfahrung sein, und ich vermute, dass die meisten professionellen Literaturberichterstatter einen ausgeprägten Hang zum Masochismus haben. So »subjektiv« eine Rezension nämlich auch ausfallen mag, zuletzt muss der Kritiker das intime Verhältnis, das er als Leser mit dem Text eingegangen ist, aufgeben – und er muss im Laufe einer der besonders »heißen Debatten« im Feuilleton darüber hinaus bereit sein, ein möglicherweise recht interessantes Buch in kürzester Zeit vor den Augen der Öffentlichkeit zu verbrennen: »Keats and Yeats are on your side / But you lose / because Frank Schirrmacher is on mine.«

Es gibt natürlich auch Bücher, die sich ihren Platz im Feld von alleine suchen, weil sie von Anfang an auf gemeinschaftliche Rezeption aus sind. Menschen in meinem Alter denken in diesem Zusammenhang zuerst an den Bestseller »Generation Golf«, ein Buch, in dem Florian Illies aus nostalgischen Rückblicken in die Achtzigerjahre ein emotionales Gemeinschaftsgefühl konstruierte. Das allzu offensichtliche Identifikationsangebot des Textes irritiert mich bis heute – genau wie der brennende Wunsch des Autors, die losen Bindungen und lockeren Zweckbündnisse der Achtzigerjahre gegen die fest gefügten Bausteine eines Generationen-Gefängnisses zu tauschen: Alle sollen »wir« sagen, weil »ich« es will.

Nun veröffentliche ich nicht nur als Kritiker, sondern auch als Schriftsteller, und auf diesem Weg bin ich zuletzt selbst in die Generationen-Falle getappt. Nachdem im vergangenen Jahr mein Erzählband »Minibar« erschienen war, wiesen gleich mehrere Rezensenten darauf hin, dass die Figuren in den Kurzgeschichten fast ausschließlich »zwischen dreißig und vierzig seien« seien und ihre »Erlebnisarmut« eine Generationserfahrung sei: »Es sind Menschen, die nicht mehr ganz jung, aber auch noch nicht alt sind, die noch nicht viel erlebt haben und die fühlen, dass sie immer noch am Anfang stehen, obgleich die erste Hälfte ihres Lebens schon vorbei ist.«

Ich fand diese Interpretation überraschend. Mir selbst liegt der Gedanke fern, mit meinen Geschichten das Lebensgefühl meiner Altersgenossen einzufangen. Als Schriftsteller interessieren mich weniger die offensichtlichen Bindungskräfte, die dem gemeinsamen Erfahrungshorizont einer Generation erwachsen, sondern vielmehr die Erzählungen, mit denen Menschen sich aneinanderketten (und zwar durchaus über Generationen hinweg): Familienlegenden und Beziehungsmythen, Geständnisse, Notlügen und Missverständnisse. Die Frage der Redaktion der Berliner Gazette, ob ich »geneigt« sei, von einer »Generation Minibar« zu sprechen, muss ich also leider mit Nein beantworten.

Natürlich habe ich den Begriff trotzdem gegoogelt. Im Moment bekommt man 43 Treffer, aber erfreulicherweise beziehen sie sich alle nur auf technische Innovationen im Bereich der Kleinkühlschränke. Das ist doch gut. Bedarf an neuen Generations-Bezeichnungen dürfte es im Moment ohnehin nicht geben, schließlich haben wir mit dem Nachleben der »Flakhelfer«, »Achtundsechziger« und selbsternannten Vertreter der »Generation Golf« mehr als genug zu tun. Anstatt immer neue Begriff zu erfinden, wäre es vielleicht ratsamer, einige von ihnen langsam zu Grabe zu tragen. I meet you at the cemetery gates.

23.04.08

Gemeinsam durchmachen.

Im Großraumwagen eines ICEs

Helgard Haug

Taten also, nicht Gedanken verbinden Menschen eher – sagt Dietmar Dath und das ist in der Tat eine schöne Umschreibung für das, was bei unseren Projekten oft passiert: Dort finden sich die unterschiedlichsten Menschen ein, die alles, was sie von ihren Leben oder ihren jeweiligen politischen Position erzählen, eher trennt als eint. Es ist mir immer ein schönes Gedankenexperiment mir vorzustellen, wie diese Menschen – ohne sich zu kennen – miteinander in dem Großraumwagen eines ICEs aussehen würden, wie scheel die Blicke wären, wie laut das Echauffieren, wie heftig der Zungenschlag oder das ungläubige Gaffen. In den wenigsten Fällen würden sie sich aber öffnen und miteinander ein Gespräch führen, Gedanken austauschen.

Sind wir jetzt mit den gleichen Menschen unterwegs, sind es die anderen Mitreisenden, die sich keinen Reim auf die Verbindung zwischen diesen Menschen machen können! Es herrscht der raue Ton einer Großfamilie, aber auch die freundschaftliche Hingabe und Herzlichkeit; eine Menge nicht zu Ende gesprochener Sätze und größtes Selbstverständnis im Umgang miteinander. Der Vietnamkriegsveteran, der jetzt in der Friedensbewegung aktiv ist, sitzt neben dem Polizeichef von Weimar, ihm gegenüber die Leiterin einer Seitensprung-Agentur, über den Flur die Astrologin, die dem gescheiterten CDU-Politiker etwas über das Verhältnis von Macht und Gehorsam erzählt.

Es eint also das Erlebnis auf der Bühne, obwohl sie gerade

auf dieser ihre Unterschiedlichkeit »zu Markte tragen« und genau davon berichten und vor diesem Hintergrund agieren. »Die Tat« ist in diesem Zusammenhang die Verführung des Publikums, sie zu Komplizen zu machen – für diesen Abend, diese Annahme, diesen Gedankengang; sich mit ihnen vertraut zu machen und dennoch zuallererst vor ihnen (tatkräftig) zu bestehen.

In mein eigenes Leben zurückgedacht, fand ich immer genau die Schwelle zwischen Gedanken und Taten und Taten und Gedanken wesentlich. Durchmachen, hieß es: Eine gemeinsam durchwachte Nacht. Das war das Wichtigste, Intensivste. Eine Art Trance. Die Welt wurde stiller, die Stimmen – vor allem die inneren – wahrnehmbarer und in diesem Zustand wurden Pläne geschmiedet, die im besten Fall ihre direkte Umsetzung fanden. (Früher gab es sowieso mehr Worte mit ... machen, merke ich gerade. Auch schlußmachen – das geht heute so auch nicht mehr! Oder abmachen – im Sinne von alles hinter sich lassen, aussteigen.)

Den inneren Brüchen folgten äußere: diverse Schulwechsel, Wohnungswechsel und an dem point of no return meine Flucht ins Ausland. Mit 16. Das erste halbe Jahr lebte ich als part-of-the-family – nach ihrem Willen zur Sühne – bei einer orthodox-jüdischen Familie mit neun Kindern im Norden Londons. Ich wurde im Wesentlichen immer dann gebraucht, wenn die religiösen Regeln ihren Alltag unbequem machten. Irgendwann gab es auch dort den Moment der Entscheidung, lieber weiterziehen – ins Ungewisse – als so weitermachen.

Die Protagonisten unserer Stücke sind für mich an genau

diesem Punkt interessant: Wie entscheide ich mich als Individuum in einem System? Wo werden mir Brüche abverlangt? Wo werden sie mir von Außen verordnet? Wie lang muss ein Gedanke schwelen, bevor er in eine Tat, eine Aktion mündet? Der Weg von Jochen Noth zum Beispiel – einer der Protagonisten des Stücks »Karl Marx: Das Kapital, Erster Band« – sein Weg schien so klar gezeichnet und konsequent und dann gab es doch den Moment, in dem er aus der Logik ausscherte und nach der bewegten Studentenzeit, dem Leiten von K-Gruppen und dem Gang als überzeugter Maoist nach Peking, stolperte, sich plötzlich neu sortieren musste, den Ausstieg riskierte, Amnestie in Deutschland beantragte und nun als Unternehmensberater deutsche und chinesische Konzerne berät.

Oder Heidi Mettler, schweizerische Hausfrau mit Mann und zwei Kindern, deren Herz aus dem Takt geriet und durch ein zweites – gespendetes – ausgetauscht werden musste und deren Leben sich nach der Transplantation in ein völlig neues verwandelte und zur Scheidung führte. Sie musste sich komplett neu erfinden. Sie stand auf der Bühne mit weiteren »Experten«, die das Herz noch mal von einer anderen Seite betrachteten und ihre Erfahrungen aus dem Speed-Dating-Bereich laut machten. Gemeinsam trafen sich dann alle sieben Protagonisten auf der virtuellen Plattform Second Life. Mit ihren Avataren konnten sie dort noch mal eine ganz andere Rolle spielen – sich verwandeln, aber auch preisgeben, was sie in ihrer menschlichen Hülle verborgen hielten.

Und obwohl die Taten hier eigentlich nur noch Gedanken sind, tröstet die vielen User wahrscheinlich vor allem die Tatsache, dass gerade jetzt auch ein anderer Mensch irgendwo da draußen seine Nacht durchwacht um seinen Avatar auf dieser virtuellen Bühne spazieren zu führen.

14.05.08

Kakao im Kopf.

Wenn das Gemeinsame überfließt

Catrin Kersten

Dieser Anfang muss ein wenig holpern, Sprechen über Freundschaft läuft nie so glatt wie die Freundschaft selbst; soll ich wirklich von einer eigenen erzählen, und sie auf diesem Wege zu etwas mit Ihnen Gemeinsamem machen? Oder ist sie das nicht ohnehin bereits? Die Rede von der »Höherwertigkeit« einer Freundschaft, die mehr will als bloßen Lustgewinn – die Idealisierung einer Freundschaft, die einem der spielerischen Jugendlichkeit entwachsenen Lebensalter vorbehalten ist, ist so alt wie das Denken über Freundschaft selbst. Desgleichen die Frage, wie eine solche Freundschaft zu beschreiben ist; formuliert das kühle Schlagwort der gemeinsamen abstrakten Interessen heute das, was seit Aristoteles als zweites Selbst durch all die nachlesbaren Versuche über Freundschaft geistert, die unsere Vorstellung von Freundschaft zwangsläufig prägen?

Es macht mich stutzig, von Abstraktion zu sprechen und damit eine Beziehung zu kennzeichnen, die doch nur in der Interaktion, in der konkreten Umsetzung und im geteilten Erleben erkennbar wird, für Außenstehende, aber auch für die Freunde selbst: Das Abstrakte ist schwer auszumachen, ich wüsste es nicht zu bestimmen. Ich gehe so gerne mit ihr auf ein Bier: des Bieres wegen oder um des Gesprächs willen? Gäbe es das Gespräch, und sein Thema, ohne das Bier – oder das Bier ohne das Gespräch? Oder ist das Gespräch das Thema, das Um-dessentwillen?

Ich behaupte, mein abstrakter roter Faden sei Ratlosigkeit gewesen: Ein Mangel an Eins-Sein mit dem, was die Welt bereithält – eine Ratlosigkeit, die zu verbinden vermag, und die an einer äußerst profanen Sache kondensiert: an einer Kakaotasse. Sie bitten um eine Anekdote – eine Anekdote also, die so einzigartig ist, wie es die Gattung verlangt, die voller Unverständlichem steckt und zugleich überfließt vor Gemeinsamem. Ein Dritter sagte am Telefon: »Ihr werdet Euch sicher gut verstehen, trefft Euch doch, wenn Du in Barcelona bist.« Hier spricht Montaigne: »Wir suchten uns, noch ehe wir uns gesehen hatten, aufmerksam durch Berichte, die jeder über den andern vernahm und die in uns sofort eine stärkere Zuneigung auslösten, als man von dergleichen Hörensagen hätte erwarten können.« Also trafen wir uns und »fühlten wir uns so zueinander hingezogen, ja so miteinander bekannt und verbunden, dass wir von Stund an ein Herz und eine Seele waren«, weil wir herausfanden, dass wir beide an demselben – abstrakten – Mangel litten, den wohl nur zwei Luxuskinder der Neunziger formulieren und kultivieren können: an der Ratlosigkeit, daran, eine Lösung finden zu wollen zu einem Problem, das wir erst suchen mussten.

»Cacao en la cabeza«, sagte sie, und ich verstand sofort, was sie meinte. Also wurde er zur Formel – zu unserer

Formel, der Kakao im Kopf. Und so begann mit einer jähen Bedrohung durch den »colacao turbo« der gemeinsame Kampf, wir schrieben Manifeste gegen einen Kaba, dessen »granulitos« sich schneller auflösen, weniger klumpen sollten: Wir bestanden auf unseren Kakao, auf seine mehligen Klümpchen und den dunklen öligen Rest, der sich auf dem Tassenboden absetzte! (Wo ist das Abstrakte geblieben, und wo das Konkrete?) Freundschaft und Mangel zusammen zu denken, betrifft letztlich die vielbeschworenen »Freunde in der Not«. Nein, wir sind anders, wir sind einzig, wir schwimmen nicht mit Euch in den sanften Wogen des vollständig Aufgelösten, wir winden uns durch die unberechenbare Brühe des eigenen Zweifels: Und wenn sie mich gebeten hätte, das Kapitol anzuzünden, ich hätte es getan!

Was diese Geschichte seit ihrem Beginnen zu etwas Gemeinsamem machte, ist die zwingende Art, sie so zu denken und so zu erzählen: weil ich gar nicht anders kann, als vom Kapitol zu sprechen, vom Gefährdetsein der Freundschaft und der von ihr ausgehenden Gefahr für die Gemeinschaft, von ihren gemeinschaftsstiftenden Momenten ebenso wie von ihren zersetzenden. Das sind die Gemeinplätze, die stets aufkommen, sobald die Sprache auf Freundschaft kommt, und die so einen gemeinsamen Verweisrahmen aufspannen für die Reihe dieser »Protokolle«, die Fragen nach Freundschaften anstoßen. Was diese – meine – Geschichte zu etwas Einzigartigem macht … ist auch nicht das gestrige Telefonat nach langer zwischenzeitlicher Entfernung, die der Beziehung nichts anhaben kann: Eine Geschichte voll von Gemeinsamem, und damit notwendigerweise voll von

Trennendem, weil uns das Streben nach Exklusivität gemeinsam ist; das Sprechen über Freundschaft ist dafür symptomatisch.

Womöglich ist es gerade das beständige Oszillieren der Freundschaft zwischen Konkretem und Abstraktem, zwischen Individuellem und Gemeinsamem, weswegen sie so wenig taugt als Label für eine künftige Gesellschaft. Die antike philia, zuerst als gesamtgesellschaftliche Integrationsformel, wurde zur unnahbaren Zweierbeziehung; dieser – oder jener – Freundschaft nun Projektcharakter für die Heraufkunft einer neuen Gemeinschaft verleihen zu wollen – würde das nicht auch heißen, all das mitzuschleppen, was sich ihr, stets unter dem moralisch »gutem« Vorzeichen der ethisch hervorragenden Beziehung, angeheftet hat? Genauso: Was droht der Freundschaft, was droht dem Gemeinsamen, sobald man versucht, sie zu projektieren und zu managen, wie die Senkung der Staatsschulden, den Kampf gegen den Klimawandel, die staatlich verordnete Aufklärung über gesunde Ernährung zwecks Eindämmung der drohenden Explosion der Gesundheitskosten? Mit Kakao jedenfalls hätte das nur noch wenig zu tun.

13 08 08

Uncoole Leidenschaften.

Ein Maximum an Beweglichkeit

David Grubbs

Ein Modell, das seit zwanzig Jahren an mir hängen geblieben ist, ist das des Fanzine-Herausgebers, etwas, was ich schon als Teenager getan habe. Zur selben Zeit habe ich auch zum ersten Mal Musik geschrieben und Platten aufgenommen und vertrieben. Ein vorrangiges Thema meiner Arbeit ist die tägliche Praxis des Herstellens, eine Praxis, die auch Alltagsaktivitäten beinhaltet, wie Korrespondenzen und persönliche Beziehungen mit Freunden an geographisch weit verstreuten Orten aufrechtzuerhalten. Es klingt vielleicht seltsam, aber ich freue mich heute genauso, mein Postfach zu öffnen, wie ich es getan habe, als ich 16 Jahre alt war und meine Welt durch die Korrespondenz mit Punks aus der Schweiz und Arizona aus den Angeln gehoben wurde.

Wann immer ich mir Ausgaben meines alten Fanzine »Hit The Trail« ansehe, bin ich betroffen von den Vermeidungsstrategien. Ich war ein Klugscheißer, ebenso wie all meine Freunde. Wir waren völlig besessen von Musik und dennoch waren wir zu cool, uns etwa dabei erwischen zu lassen, unumwunden Leidenschaft auszudrücken. »Hit The Trail« brachte Artikel über hypnotisierende Tiere, unmögliche Breakdance-Schritte, ein Interview mit einem israelischen Austauschschüler, Besprechungen von Bowlingbahnen und so weiter und so weiter. Es war auch physisch klein. Taschengröße. Für eine Ausgabe habe ich auch Bo Diddley interviewt. Und was finde ich thematisch immer noch dort? Die Vermeidung dessen, was man am meisten liebt. Ausflüchte und Umwege.

Ich werde bedrängt, größere Themen wie Jugend, Generation, Interdisziplinarität oder Künstlerkritik zu besetzen und zu bearbeiten. Ich hätte zu jedem dieser Themen etwas zu sagen, bestimmt, aber der soziale Maßstab des eins zu eins (und gleichzeitig Platten zu produzieren, Konzerte zu geben, Artikel zu veröffentlichen) erscheint mir immer noch als die stärkste Motivation, etwas zu schaffen. Das Motiv der eins zu eins Interaktion scheint sich für mich nur vertieft zu haben, nun, da ich lediglich die Mailbox im Haus meiner Eltern in Kentucky bedienen muss, um Zugriff auf eine andere Welt zu bekommen, als die, in die ich geboren wurde. Dieses Motiv ist für mich interessanter geworden, je weiter ich in das Buch hineingerate, an dem ich gerade arbeite. Es geht darum, die Geschichte der musikalischen Avantgarden der Sechzigerjahre anhand ihrer Tonaufnahmen nachzuzeichnen. Die Bedeutung eines bespielten Musikobjektes sowohl als ein Massenprodukt als auch als ein offener Brief an einzelne Individuen (oder als eine als solcher empfundene Botschaft, einschließlich des Vergnügens von verhältnismäßiger Isolation) treibt mich heute nicht nur, Platten aufzunehmen, sondern auch, über sie zu schreiben.

Mein Buch soll die Bedeutung der in den 1960ern üblichen Einstellung zu Tonaufnahmen herausarbeiten. Das ist etwas, das meine Generation von Leuten unterscheidet, die zwanzig Jahre früher geboren sind. Mich interessiert die Idee, dass von neuen Genres der 1960er Avantgarden behauptet wurde, sie seien nicht adäquat in Form einer

Aufnahme wiederzugeben. Das Buch wird eine Einführung, nun, sagen wir, meine Einführung in die Welt sein, die das Medium der Tonaufnahme entstehen lässt. Und es sind so viele archivierte Aufnahmen der 1960er Avantgarden verfügbar geworden im letzten Jahrzehnt. Die methodische Kernfrage des Buches ist: Wie schreibt man die Geschichte einer Periode anhand von Artefakten, die zu ihrer Zeit nur wenig im Umlauf waren?

Die Do-it-yourself-Methoden meiner Arbeit sind bedingt durch den Wunsch nach einem Maximum an Beweglichkeit, Anpassungsfähigkeit (z.B. indem ich mit unterschiedlichen Zusammenstellungen von Musikern arbeite) und der Möglichkeit von ständiger Überarbeitung und Umfassung. Ich hatte nie den Drang, irgendein affektiertes, gekünsteltes, hochtrabendes Ding zu machen, das nur unter idealen Bedingungen funktionieren könnte. Ich nehme an, ich denke von diesen Do-it-yourself-Methoden als etwas nicht amerikanischem, insofern ich Spektakel und das Zurschaustellen von Besitz oder von teuren Produktionen als Teil der Arbeit vermeide. Der Faktor Zeit ist auf meiner Seite. Das heißt, der wohl subversivste und befriedigendste Bestandteil meiner Tätigkeit besteht im Gefühl, die Mittel zu haben, mit meiner Arbeit in dieser Weise des kleinen Maßstabs so lange fortfahren zu können, wie ich es mir nur wünschen kann. Ich habe mir immer eingebildet, dass meine Arbeit politisch ist, indem sie ein Werk schafft, welches parallel zur, aber dennoch klar getrennt von der kommerziellen Unternehmenskultur der USA funktioniert.

Warum fangen wir nicht beim Rassismus an? Einer der bislang interessantesten Themen beim Rennen um die USamerikanische Präsidentschaft 2008 ist, was bislang über Vorurteile, Rasse, Geschlecht und Religion gesagt wurde. Es gab eine Reihe von Umfragen zum Thema Wählbarkeit und überraschenderweise erreicht Barack Obama kontinuierlich prozentual die niedrigste Quote von Befragten, die angeben, ihn unter keinen Umständen wählen zu können. (Vor einem Jahr hätte ich niemals damit gerechnet, so eine Umfrage zu sehen. Aber natürlich können die Leute auch leugnen, wenn sie behaupten, dass seine Race-Zugehörigkeit sie nicht davon abhalten würde, ihn zu wählen.)

Am anderen Ende des Spektrums, mit der höchsten Quote von Menschen, die sagen, sie könnten unter keinen Umständen für diese Person stimmen, befindet sich Mitt Romney. Der Grund dafür ist zweifelsohne, dass er Mormone ist. Faszinierend! Konservative Christen erklären massenhaft, sie würden nicht für eine konservative Glaubensperson stimmen, die einer anderen Religion angehört. Dies bedeutet, dass in der politischen Kultur Amerikas die Religionszugehörigkeit bedeutsamer ist als die Rassenzugehörigkeit. Es heißt auch, dass viele Menschen ihren Rassismus zugunsten von Intoleranz gegenüber anderen Religionen beiseite legen können. Manches an diesem Land hört nie auf, mich zu verblüffen.

27.08.08

Von Marx bis YouTube.

Gemeinsamkeit ist nicht immer die richtige Antwort

Stefan Heidenreich

Kann man für Abstraktes offen sein? Das Bild will mir nicht in den Kopf. Mein ältester Freund ist mein älterer Bruder. Wir haben zusammen Schach gespielt. Neben dem Schachbrett lag Marx' »Manifest der Kommunistischen Partei«. Das las mein Bruder damals. Er hat mir erklärt, was ein Gambit ist. Gambit nennt man eine Eröffnung, bei der man einen Bauer opfert, um einen Stellungsvorteil zu erlangen. Es kann recht gefährlich werden, das Opfer anzunehmen. Das zu verstehen, war für mich damals anfangs eine recht abstrakte Angelegenheit. Und was hatte es mit dem Manifest auf sich? Das wollte mein Bruder mir ebenfalls erklären. Seine fortgesetzten Erklärungsversuche hatten den Effekt, dass ich Marx über Jahre hinweg immer sehr skeptisch gegenüberstand und lange nicht lesen wollte.

Eine Garage, in die eine Gitterkonstruktion hineingestopft werden soll. So stelle ich es mir vor, für Abstraktes offen zu sein. Freunde, die ich in diesem Bild unterbringen kann, gab es wenige. Die Mehrzahl meiner Bekannten in der Kleinstadt, in der ich aufwuchs, war am nicht sehr abstrakten Thema Bier interessiert, das sich gern zu konkreter Musik hin erweiterte. Anderen lag mehr an Freundinnen, was gelegentlich sehr abstrakt werden konnte, besonders als Kompensationsleistung. (Es gibt eine Theorie, die besagt, dass ein Großteil der Kultur – und damit das meiste, was man als abstrakt bezeichnet – eigentlich nur Kompensationsleistung ist.) Das Gemeinsame unserer Interessen bestand darin, dass ich mich ihnen anpasste, erst beim Bier, bis es langweilig wurde, dann mehr in der Kompensation.

Ansonsten hatte ich eigene Interessen. Eine mir lange verborgen gebliebene bestand darin, Listen zu schreiben. Listen von allem möglichen, Auswertungen von Quartett-Spielkarten, die höchsten Berggipfel verschiedener Länder, Fußball-Ligen erfundener Städte. Dann interessierte ich mich dafür, Kugeln und Rohre und verworrene Kugel-und Rohrkonstruktionen mit Bleistift schraffiert zu zeichnen. Irgendwann fand ich die Erzählungen von Kafka unter einer Schulbank und begann, mich dafür zu interessieren. Alles Interessen, die ohne Gemeinsamkeit auskommen, aber abstrakt genug sind, um überall ähnliche Anknüpfungen zu bieten.

Ich würde einen sozialen Zusammenhang nie vom Gemeinsamen oder dem Wunsch nach Gemeinsamkeit her beschreiben. Denn dabei handelt es sich um anthropologische Faktoren, die mehr oder weniger stabil bleiben. Was sich dagegen ändert, sind die Wege und Techniken, die Institutionen und Dispositive, in denen sie zustande kommen. Was als Gemeinsames entsteht, nistet sich in einer Struktur von Kommunikation ein. Dabei treten meistens zwei Effekte mehr oder weniger parallel auf: Einmal werden alle möglichen Inhalte und Gemeinschaften aus alten Zusammenhängen in das neue Medium übertragen. Andererseits entwickeln sich dort aber auch neue, eigene Gesetze. Wir können also beispielsweise auf Youtube jede Menge Videokunst finden. Aber müssen dann feststellen, dass damit ein ganz eigener Umgang getrieben wird. Sie wird verschnitten, kommentiert, imitiert und variiert.

Dabei zwingt Youtube zu einigen formalen Entscheidungen, die das Material strukturieren. Wir haben beispielsweise immer einen Autor, im Gegensatz zu einem Wiki, das die Figur des Autors beinahe verbirgt. Jedes Video hat einen Zeitpunkt, so dass sich Sequenzen von Einschreibungen bilden können. Strukturen wie Kanäle oder Links werden angeboten. All das bestimmt bis zu einem gewissen Grad, entlang welcher Linien Gemeinsamkeiten überhaupt erwachsen, wo Singularitäten und Aufmerksamkeitspunkte entstehen. Wir befinden uns ästhetisch in Youtube an einem Punkt, der dem frühen Kino um 1905 vergleichbar ist. Viele kleine Formate werden parallel getestet. Ich bin sehr neugierig, ob und wie sich größere Formate herausbilden, die etwa dem Kinofilm entsprechen könnten. Das wird sich nur in einer Gemeinsamkeit herstellen lassen, an die sich wiederum Interessen knüpfen.

15.10.08

Höhlen für alle.

Berlin muss über die Zukunft der freien Szene nachdenken

Jan Rohlf

Eines der ersten Kinoerlebnisse meiner Kindheit war Spielbergs »E.T.«. In einer Szene des Films spielen die Freunde, die den Außerirdischen wieder zurück nach Hause bringen wollen, ein Spiel namens »Kerker und Drachen«, das ganz auf Sprache und Visualsierungsleistungen der Gruppe und der einzelnen Spieler basiert. Mir klappte die Kinnlade herunter. Was machten die da bloß? Von Rollenspielen hatte man zu dieser Zeit in unserer kleinen süddeutschen Stadt ja noch nicht gehört. Als dann einer der Spieler – wenn ich mich richtig erinnere – angesichts einer schwierigen Situation sagte, er würde sich einfach in seiner tragbaren Höhle verstecken, fiel ich endgültig vom Kinosessel. Ein Raum im Raum. Was für ein Traum.

Eine Öffnung, durch die man aus dem gemeinsamen, mit anderen zu teilenden Raum in einen anderen, ganz eigenen Raum hinübertreten kann, der irgendwie außerhalb unserer euklidischen Koordinaten liegt und doch auch darin. Natürlich war ich wie die meisten meiner Kollegen aus der Grundschule bereits Meister im Höhlenbauen. Zu Hause, unter meinem Schreibtisch, konstruierte ich heimelige Abschottungen aus Decken, Laken, Kissen, Marmeladenbroten, Hörspielkassetten und einem kleinen Abspielgerät. Aber dass man so einen Ort auch mit sich herumtragen konnte, diese ungleich abstraktere Möglichkeit rückte mir so richtig erst dieser Film ins Bewusstsein.

Ich war nicht der einzige, bei dem das die richtige Seite angeschlagen hatte. Wir verbrachten viel Zeit in der Höhle der Fantasie, gründeten unsere eigene Dungeons and Dragons-Gruppe, lasen Fantasy und Science Fiction, hörten Jean-Michel Jarre und Bo Hanson. Später landeten wir bei Hardrock und Heavy Metal, dann kamen Punk, Gothic, Industrial und von dort arbeiteten wir uns über den Surrealismus, Dada und die Futuristen in die Auseinandersetzungen der zeitgenössischen Kunst vor. Imagination war unser Heilmittel, eine eigene Welt, aber eine, in die man ja andere einladen konnte.

Letzteres wurde gegen Ende der Adoleszenz schwieriger. Ich will das nicht beschönigen. Rückblickend stellt sich die Kindheit und Jugend gerne wie ein einziges »Wir« dar. Aber das basiert weniger darauf, dass tatsächlich immer jemand zum Teilen und Gemeinsam-Erleben da gewesen wäre. Es ist auch die Erinnerung an beinahe paranoid zu nennende Zustände, in denen alles Erleben, auch jene Momente, in denen man sich wie auf einer windigen Ebene freigestellt und mit seinen Problemen allein fühlte, auf die normierenden Wir-Konstruktionen um einen herum bezogen wurde. Auf keinen Fall wollte man zu weit aus der Klasse, der Fußballmannschaft, der Clique, dem Freundeskreis herausfallen. Aber konfliktfrei Teil-sein, das wollte und konnte man auch nicht.

Ein Lösungsansatz bot die Entdeckung der Improvisationsmusik und einiger Leute, die sich in meiner Stadt darum bemühten. Hier fand ich ein neues Konzept, das Vieles enthielt, was auch heute die Projekte bestimmt, an denen ich mich beteilige: ästhetisches und soziales Experiment als offener Prozess, eine Art andauerndes Gespräch zwischen gleichberechtigten Partnern, also Hierarchien entgegenarbeiten, Mitbestimmung, Aufmerksamkeit, aber auch Konflikt, Reibung, Zufall, Scheitern – und vor allem die grundlegende Gleichstellung aller (hier) klanglichen Möglichkeiten. Ob Rauschen, Geräusch oder Ton, ob Dissonanz, Lärm oder Harmonie, ob kaputtes Stottern oder elegante Melodie, alles ist gleichsam Material für die kreative Arbeit und nicht systemisch oder ideologisch vorkonfiguriert, bewertet, ausgeschlossen.

Auf dieser Basis, schien mir, kann man neue Höhlen

bauen. Seltsam schöne, paradoxe Höhlen. Solche, die licht und transparent sind, mit vielen Öffnungen versehen, in denen man also nicht alleine bleiben muss und die zugleich geheimnisvoll und dunkel genug sind, um Schutz zu suchen, sollte es nötig sein. Höhlen, in denen manches möglich sein könnte, das anderswo (noch) nicht geht.

Plattformen und Räume mit solchen oder ähnlichen Qualitäten bereitzustellen, ist seitdem eines der Themen meiner Arbeit. Denn an relativ offenen Räumen mangelt es eigentlich immer und überall, selbst in einer an Nischen so reichen Stadt wie Berlin. Schließlich muss es ja auch Orte geben, an denen die verschiedenen Nischen und Strömungen miteinander in Berührung kommen können.

Bei General Public geht es daher in erster Linie darum, Raum zu teilen. Nicht nur organisieren wir den Projektraum kollektiv, Leitlinie bei der Programmgestaltung ist es, dass möglichst niemand unsere Räume alleine bespielt. Wir wollen Begegnungen, Konfrontationen, Gespräche, Interdisziplinarität. Deswegen laden wir meist zwei oder mehrere Künstler ein, eine gemeinsame Ausstellung zu entwickeln. Wichtig ist auch, dass wir dann in den Ausstellungen wiederum Dinge mit Künstlern, Projekten und Personen veranstalten, die an der Ausstellung selbst nicht beteiligt waren. Das können Gespräche, Filmvorführungen, Konzerte, Performances und einiges mehr sein.

Diese Idee des Teilens und des Etwas-gemeinsam-Entwickelns spiegelt sich in der grundlegenden Struktur, die General Public erst möglich macht: Der Projektraum befindet sich in einem Atelierhaus, dass von allen Mietern gemeinsam instand gesetzt wurde, und wird von diesen sowie den eigentlichen »Members of General Public« durch Monatsbeiträge finanziert.

Die meisten Künstler und Kulturorganisatoren machen Erfahrungen mit Armut, Mangel, Überforderung. Jeder kennt Kollegen, die aus diesen Gründen viel versprechende Projekte aufgegeben oder sich gleich anderswo Arbeit gesucht haben. General Public ist dagegen ein Versuch, den Druck, der aus Geld-, Zeit- und Aufmerksamkeitsökonomien erwächst, so gering wie möglich zu halten. Zum einen durch das Verteilen auf viele Schultern, durch Kooperation und Vernetzung, zum anderen durch eine bestimmte Gelassenheit. Das muss auch sein, denn alle Beteiligten sind neben General Public in eine Vielzahl anderer Projekte involviert.

Freiraum zum Experimentieren gewinnen wir durch den Verzicht auf Oberflächen. General Public ist roh, weder durchrenoviert, noch anspruchsvoll ausgestattet. Es gibt keine Pressearbeit und es kann passieren, dass eine Monatsprogrammpostkarte ausfallen muss, weil gerade niemand Zeit dafür hat. Es gibt keinen zwingenden Programmrhythmus. Das Programm entsteht aus Diskussion, Interesse, Bedarf, und nicht aus Setzungen der Kunstszene um uns herum. Es kann auch mal nichts stattfinden, der ganze Kulturbetrieb ist ja schon atemlos genug. Niemand muss sich exponieren, der sich nicht berufen fühlt. Das kollektive Arbeiten ermöglicht es, spielerischer mit diesen Dingen umzugehen. Wer will, kann unsichtbar bleiben, wer gerade keine Zeit hat, zieht sich eine Weile aus dem Tagesgeschehen zurück.

Gemeinsames Experimentieren braucht die Bereitschaft,

zuzulassen, dass eigene Vorstellungen durch den Einfluss anderer unmöglich gemacht beziehungsweise verwandelt werden. Das kann frustrierend sein, ist aber auch unendlich bereichernd und voller Überraschungen. Persönliche Maßstäbe können punktuell allerdings durchaus angesetzt werden. Entscheidend ist eben, dass nicht in allen Dingen Konsens herrschen muss. Den Raum teilen, kann auch heißen, temporär Felder abzustecken, in denen dann eigene Ideen kompromisslos vorgestellt werden können. Sicher ist aber, dass dies nie ohne Feedback bleibt. Konflikte – wie sollte es anders sein – bleiben da nicht aus, aber es geht. Rein auf dem Lustprinzip lässt sich kollektives Arbeiten so oder so nicht organisieren. Wir sind idealistische Realisten oder realistische Idealisten – jeder weiß, dass er, auf das Ganze besehen, seinen Beitrag bringen muss, soll die Grundidee lebendig bleiben.

Natürlich geht das alles nur mit einem Mindestmaß an Gemeinsamkeit. Die Gemeinsamkeit entsteht aus dem Interesse, an den Produktionsebenen kultureller Prozesse teilzuhaben. Experimentieren, Finden, Ausprobieren, Forschen brauchen Dialog, brauchen Austausch, brauchen Nähe, Raum und grundlegende Mittel, die leider allzu oft fehlen. General Public stellt hier im Rahmen seiner Möglichkeiten einen begrenzten Beitrag. Ob das »cool« oder »uncool«, »hip« oder »hippie« ist, darf sich jeder selbst überlegen. Für uns steht fest, dass es in Berlin derzeit möglich ist, einen nicht-kommerziellen Ort zu schaffen, der sowohl professionelle als auch soziale Qualitäten hat, der auf einem lokalen Netzwerk fußt und doch äußerst international ist – allein das Kernteam des Projektraumes bringt es schließlich auf fünf verschiedene Nationalitäten, und jedes Mitglied bringt ein weit verzweigtes Netzwerk ein.

Durch unser Konzept vermeiden wir den Raubbau an uns selbst. Aber natürlich basiert auch General Public einzig und allein auf der Bereitschaft zu unbezahlter Arbeit. Das geht, so lange es uns gelingt, den Einsatz niedrig zu halten. Angesichts der rapiden Veränderungen in dieser Stadt, insbesondere der konsequenten Kommerzialisierung der zentrumsnahen Stadtteile, stellt sich daher unweigerlich die Frage, wie ein solches und ähnliche Projekte auf längere Zeit gesichert werden können.

Von daher glaube ich, dass es wichtig ist, auf die Bedeutung dieser eher kleinteilig angelegten, nicht zwingend ergebnisorientierten künstlerischen Grundlagenforschung aufmerksam zu machen. Wir brauchen in Berlin dringend neue Konzepte, um unabhängiges künstlerisches Experimentieren in neuer Weise zu fördern. Die offizielle Kulturlandschaft Berlins, ihre Verteilungsmodalitäten und Institutionen haben – sieht man von wenigen positiven Beispielen ab – weitgehend den Anschluss an die freie Szene und die hier entstehende künstlerische Produktion verloren. Da ist alles zu statisch und ohne die nötige Durchlässigkeit, ohne Übergänge. Repräsentative Prestigeprojekte stimulieren Tourismus und Wirtschaft, aber nicht die Identifikation der Bewohner (auch der nur zeitweisen) mit ihrer Stadt und nicht kulturellen Diskurs und neue Ideen, die Zukunft gestalten.

Manchmal habe ich den Eindruck, dass in Berlin die Vorstellung vorherrscht, experimentelle Kunstformen, kulturelle Nischen und Ränder sind das Produkt einer vor

Eigendünger strotzenden wilden Wiese. Unkraut vergeht nicht. Wer aufgeben muss, wer schlapp macht oder nicht in voller Blüte vom Markt gepflückt wird, der wird eben durch Nachkommende ersetzt. Konkurrenz spornt an. Dass diese Wiese ohne Pflege keine endlose Ressource ist, dass die freie Berliner Kulturlandschaft nur so reich ist, wie es die besonderen Umstände der Nachwendezeit ermöglichten und das sich diese Bedingungen allmählich aber sicher ändern, dass wir uns also um die nicht-etablierte Kultur in dieser Stadt in neuer Weise kümmern müssen, das ist eine Erkenntnis, die sich wohl erst allmählich durchsetzen wird.

19.11.08

Das liegende Auge.

Oberfläche, Öffnung und Bewegung des Wassers

Jean-Luc Nancy

Das erste Mal vor einem Aquarium gestanden habe ich im Palais du Trocadero in Paris, im Alter von ungefähr 15 Jahren. Ich habe keine Erinnerungen an bestimmte Tiere, sondern nur an die Farbe des Wassers – es war grün und gelb, durchzogen von Luftblasen – und an das beunruhigende Gefühl, dass diese Wassermassen die Scheiben zerbersten und sich über uns ergießen könnten. Das Aquarium – wie übrigens auch das Terrarium, wo man unterirdisch lebende Tiere wie Ameisen, Schlangen, kleine Nager hält – leistet einer Art Voyeurismus Vorschub. Hier kommt das Verlangen zum Tragen, etwas zu sehen, was nicht sichtbar ist, sofern man nicht danach taucht: die Meeres-, See- oder Flusstiefe. Diese Tiefe, auf unsere Augenhöhe exponiert, vor uns, und von uns nur durch ein Glas getrennt, welches ihr eine Form gibt – meistens ein Parallelepiped – ist seiner Tiefenwahrheit entzogen und in einem Raum eingelassen, der nach allen Seiten hin geöffnet ist. Was wir mögen, ist das Gefühl der Immersion – eine Fluidität des Tauchens. Das funktioniert in meinen Augen übrigens nur mit den großen öffentlichen Aquarien. Mit den häuslichen Aquarien nicht. (Ich hatte mal eines vor langer Zeit für meine Kinder, mit Schildkröten aus Florida).

Das Wasser des Aquariums ist ein zerschnittenes, zerstückeltes, glaciertes Wasser. Seewasser ist im Vergleich dazu ein gänzlich anderes Wasser. Wasser, welches die Tiefe umspielt, Wasser, mit Geheimnissen durchtränkt, ohne Gewissheit, ohne Transparenz. Oder besser: Wasser, das die Gewissheit seiner dunklen Oberfläche besitzt. Es offenbart mir seine Tiefe nicht; es entzieht sie mir und exponiert stattdessen seine düstere Verfinsterung. Der Planschnitt ist nicht vertikal (wie beim Aquarium) zwischen mir und dieser Oberfläche, sondern horizontal, zwischen meiner Annäherung an das Ufer und der Öffnung seiner gleichermaßen klaffenden und verschlossenen Oberfläche.

Dieses stehende und ruhende Wasser des Sees ist der Ausgangspunkt meines Essays »Die Annäherung« (2008). Und es war die photographische Arbeit von Anne Immele, speziell eine Serie von Seefotos, die mich dazu inspiriert hat. Man darf an dieser Stelle nicht unerwähnt lassen, dass ich einen Text für sie geschrieben habe, der in dem Fotobuch »WIR« (2003) erschien. Der Gesamteindruck dieser Fotos, unter denen es bereits einige Bilder von Seen, sowie von Wasserbecken in Zoos gab, und darüber hinaus von Wasserlachen und Schwimmbädern (es gab auch andere Fotos, ohne Wasser) – dieser Eindruck legt es nahe, von ihrer Eigenart als einer Art zu sprechen, die Dinge ruhig zu stellen, gleich zu machen und in die Länge zu ziehen, all das in einem ziemlich konstant grauen oder verblassenden Licht. Ich habe meinen Text »Stehendes Licht« (Lumiere étale) genannt. Étale ist im Französischen ein Adjektiv, das im Begriff Stauwasser (oder auch Stillwasser) jene Phase im Zyklus von Ebbe und Flut bezeichnet, die sich zwischen das Ende des auflaufenden Wassers und den Anfang des ablaufenden Wassers schiebt. Der Wellengang wird sanfter, eine Spannung wird spürbar, ein gewisses instabiles Gleichgewicht, das aber eine Pause einleitet.

Das Meer stellt aus, sagt man, glaube ich, im Deutschen. Das ist auch ein Schweben. Diese enorme, riesige Masse, die, während die Zeit vergeht, mit der Erstürmung des Ufers beschäftigt ist, daraufhin mit dem Rückgang und dem sich Zurückziehen – dieses unermüdliche Wechselspiel der Expansion und Kontraktion findet einen Moment, ungefähr eine Stunde, des Stillstands. In den Seen sind die Gezeiten unmerklich: das Wasser der Seen ist immer im Stehen begriffen. Der See repräsentiert dieses Intervall zwischen der Ausdehnung und Zusammenziehung, zwischen Eroberung und Absetzbewegung, zwischen Kreation und Implosion, ein Intervall, das der Agitation fremd bleibt und das jäh eine einzige immobilisierte Macht enthüllt. Die Meerestiere sind ruhig: Man spürt genau, wie ihre Kiemen atmen. Es ist wie vor einem Orkan oder nach dem Ende der Welt. Ein bisschen wie die Stille vor dem Sturm.

Ich glaube nicht, dass sich das »ich« im See spiegelt. Vielmehr taucht es darin. Es taucht darin, ohne zu tauchen. Weder badet es noch schwimmt es in der Tiefe (übrigens hat es Angst davor). Aber es taucht seine Gedanken in dieser Undenkbarkeit, die die obskure, geschlossene und dennoch bewegbare Masse des duktilen und plastischen Wassers ist. Zur gleichen Zeit kommt dieses »ich«, das am Rande des Sees ankommt, von den Bergen und vom Wald her: Der See öffnet sich vor ihm wie ein Krater (dies ist vielleicht das Antike), wie ein sehr alter Riss der Erde im Bereich ihres festen Gesteins und ihrer ältesten Vegetation. Dies ist ein Mund, der zugleich geöffnet und geschlossen ist, mit welchem sich der vorherige Zustand der Welt äußert: ein Zustand ohne Transzendenz, ohne Form, alles in allem ohne Ausdruck. Oder es ist wie ein Auge, das nicht sieht, ein Auge, das dem Himmel zugewendet ist, der sich selbst im Wasser spiegelt – der Himmel und nicht das »ich«.

Das Wasser ist das Element, das über alle anderen vorherrscht: es durchtränkt die Erde, es löscht das Feuer, es durchzieht die Luft, um Nebel, Wolken und Regen zu bilden. Das Wasser herrscht vor, aber es dominiert nicht. Die Welt, eine Welt im Allgemeinen, ist im Wesentlichen flüssig, das heißt, dass sie zur Vermischung einlädt, sowie zum Getümmel, zum Fließen, zum Tauchen und zum Ertrinken, aber auch zur Navigation, eben in dieser bestimmten Art, sich zu bewegen, sich Strömungen und Winden hingebend sowie ihren Appellen zur Geschmeidigkeit und Gehorsam. Die originären Welten sind in einer gewissen Weise immer »flüssig«: beispielsweise die großen Wüsten, die großen Steppen, die großen Wälder sind Spielarten des Meeres, des Ozeans, des flüssigen, beweglichen, wellenförmigen Milieus. Sagt man nicht, dass die Zeit fließt? Das meint nicht die Unumkehrbarkeit des Zeitverlaufs. Was es vielmehr zu denken gilt, ist die Bewegung, das Gleichgewicht, die Wellen, die Dünungen, die Rhythmen der Zeit und mit ihnen die des Raums, wenn wir ihn durchschreiten, wenn wir ihn sich öffnen lassen und uns ihm gegenüber öffnen.

Das Wasser, welches das Prinzip des Lebens ist, bietet nicht wie die Luft die Transparenz, die es wiederum erlaubt, die Form, die Idee klar zu unterscheiden. Folglich vernichtet oder vergeudet es die Formen nicht: Es verwandelt sie vielmehr für den Blick und die Berührung, es verflüssigt die Sinn-Beziehungen, die Identifikationen, die Fixpunkte. Im Wesentlichen machen die Ufer das Meer aus, obgleich es ihnen immer auch entrückt ist, und zwar so weit, dass man sich niemals sicher sein kann, ob es die Erde jemals berührt. Auf diese Weise bringt das Meer einen Raum hervor, in dem der Sinn ständig zirkuliert und sich zugleich ständig entzieht – ein Entzug, bei dem die Wiederholungen des Seegangs eine andere Figur bilden. Immer mobil, niemals immobil – außer wenn es steht – aber nicht mobil im Sinne einer geleiteten, geführten Mobilität. Es gibt keinen Motor, wir haben es hier nicht mit Motorik zu tun. Es ist eine Bewegung, welche der Unterbrechung, Synkope und Wiederaufnahme harrt. Eine musikalische

Bewegung. Tatsächlich ist das Wasser musikalisch. Man denke nur an die unzähligen Kompositionen oder Lieder, die sich auf das Meer beziehen.

04.02.09

Die Segel setzen.

Warum ich der Störtebecker des Internets bin

Joerg Offer

Ist das Internet ein virtueller Ozean oder womöglich doch eher ein bescheidenes Aquarium? Dies frage ich mich bisweilen durchaus. Das Bild der weiten Welt hinter Glas kommt, glaube ich, der wahren Natur des Ganzen sehr Nahe. Ein ozeanisches Aquarium vielleicht! Denn wirklich hineinlangen kann man nicht, in dieses Meer aus verflossenen, neu an Land gespülten, oder erst mit dem nächsten Neuigkeitentsunami von Ferne grollenden Informationen. Alles ist da, scheinexistent, aber auch nicht wirklich. Die Zeit wird gebrochen, wie unter einer konvexen Linse, ist jedoch flüchtig gleich zweier Hände voll Meerwasser, die es als Kind schon galt, vergeblich aus der Brandung zu schöpfen.

Vielleicht eine Art Riffaquarium. Damit beschäftigt sich einer meiner ehemaligen Mitstreiter. Ein früherer Drum and Bass Musiker, der nun beschlossen hat, ein ausgewiesener Spezialist auf dem ungeheuer wichtigen Gebiet der Riffaquaristik zu werden. Neben seiner Tätigkeit als Verkäufer im Pianohaus Schmitz selbstredend. Das ist das Problem mit Aquarien und Aquarianern. Die kompensatorische und eskapistische Vorliebe für das sorgsame Wegsperren und sichere Betrachten exotischer, beinahe gefährlicher Welten hinter Glas. Also der Realität.

Mag sein, dass ich in meinem Urteil etwas frühkindlich geprägt und nicht ganz neutral bin. Das liegt am seligen Horst. Meine erste bewusste Begegnung mit einem Aquarium hatte ich durch ihn. Er war der Mann einer Freundin meiner Mutter. Diese Freundin hatte sich, kurz gesagt, beim ersten Geschlechtsverkehr ihres Lebens, im gemeinsamen Italienurlaub mit meiner Mutter Anfang der sechziger Jahre, von einem charmanten ligurischen Friseur in einer lauen Sommernacht schwängern lassen. Wieder daheim musste natürlich umgehend jemand her, der vor Gott und der Welt dafür einstand. Das war Horst. Ein in sich gekehrter, nicht mehr ganz blutjunger Mann, mit deutlich auffallender Hornbrille, reichlich hohem Haaransatz und eingeschränkten Sozialkompetenzen, insbesondere gegenüber Frauen.

Er wurde umgehend verheiratet und auch ohne Intimitäten ebenso rasch und auf wundersame Weise Vater einer Tochter. Seine aufrichtige Liebe galt dem Camping und den Aquarien. So erblickte ich sowohl ihn als auch ein Aquarium erstmals als sehr kleiner Junge. Ein seltsam erleuchteter, blubbernder Glaskasten, mit bunten, kleinen, schwimmenden Lebewesen, die ganz anders aussahen als die vertrauten Fischstäbchen. Horst hockte hinter seinem wassergefüllten Fenster zur Welt, die Nase und seine große Brille dicht an die Scheibe gepresst. Für mich erschienen sein Gesicht doppelt und seine Augengläser sicher viermal so groß wie üblich. Etwas befremdlich.

Als seine uneheliche Tochter nach vielen Jahren irgendwann erwachsen wurde und das Haus verließ, wurde er nicht mehr benötigt. Weder seine Familie, noch sein Arbeitgeber oder auch seine Fische hatten noch Verwendung für Horst. Aber der Alkohol mochte ihn recht gern. Das hatte in den letzten Jahren schon zusehends für Disparitäten gesorgt. So gab er sich der wärmenden Zuneigung zum Äthyl schließlich ganz hin, eine Leidenschaft die in den letzten Jahren schon mehr als zarte Bande mit ihm geknüpft hatte. Er starb sehr schnell, ohne Aquarium, Familie und zuletzt wohl auch ohne feste Adresse.

Insofern nenne ich einen gewissen Argwohn gegenüber Aquarien mein Eigen. Als latent zur Neophilie neigender Mensch, ist aber nun dieses Internet-Aquarium zurzeit das Mittel der Wahl zur Befriedigung meiner seltsamen Informationssucht. Dabei bin ich häufig, wie ein Containerfrachter mit Seeleuten aus Kiribati unter maltesischer Flagge, auf einer festen Route rund um die Welt unterwegs. Ein enges Schedule meines inneren Disponenten lässt mich oftmals einige obligatorische Häfen in Rekordzeit anlaufen. Doch die Verlockungen, von der genehmigten Route abzukommen, sind mannigfaltiger, als es Lloyds in London lieb sein könnte.

So bringe ich mich im Internet immer wieder in Gefahr, stelle den Motor aus und lasse mich treiben, entdecke weiße Flecken auf dem Globus, betätige mich als Nebenerwerbspirat oder werde selbst gekapert. Meist versuche ich mich von allzu überlaufenen Gewässern fern zu halten. Das kostet viel Zeit und Brennstoff, birgt aber letztlich den Reiz einer solchen Entdeckungsfahrt, wie sie weiland

Arthur Gordon Pym erlebte. Eine Verflüssigung von Identitäten nehme ich hauptsächlich auf den üblichen Ausflugsdampferpassagen war. Wenn mich das Netz nervt, langweilt und die Beutekammer gefüllt ist, ändere ich den Kurs und segele woanders hin. Oder steige ganz aus dem Informationsmeer, schüttele und frottiere mich und lasse alle Nerds, Blogger und Trainspotter zurück. In ihrem wohltemperierten Wohnzimmer-Aquarium!

Angst sollte man nicht haben vor dem Ozean, nur tiefen Respekt, das ist eine der ersten und wichtigsten nautischen Erfahrungen. Außerdem lasse ich ja bisweilen selbst einige daheim gefaltete Papierboote an diversen Punkten zu Wasser und sorge dafür, dass sie wie digitale Flaschenpost um die Welt treiben. Als Regisseur ist das Internet in seiner heutigen Geschwindigkeit ein schönes Medium, um auch kleinste Filmchen schnell, preiswert und unkompliziert zu publizieren. Natürlich darf man nicht zu urheberrechtlicher Hysterie neigen. Bestohlen worden zu sein, ist eine der ersten einschneidenden Erfahrungen, die ich vor Jahren im Netz machte.

Damals entdeckte ich mein geistiges Eigentum auf russischen Seiten, die es nicht nur gestohlen hatten, sondern für die Verbreitung auch noch Geld nahmen und tatsächlich erhielten. Von diesem Moment an war mir klar, dass ein Kapitänspatent für einen Urheber im Netz nicht ausreicht. Und so ließ ich mir einen geistigen Kaperbrief ausstellen, von eigenen Gnaden. Auch wenn die nautische Piraterie dieser Tage medienwirksam wieder kurz auflebt, so ist historisch doch eins klar: Wir leben in bald unwiederbringlich verlorenen digitalen Wildwest-Zeiten!

Wenn auch vor Jahrhunderten Sarazenen den Mittelmeerraum und Wikinger Nord- und Ostsee als Piraten plündernd unsicher machten, so wurde ihrem Treiben von Seiten der sesshaften Gesellschaften letztlich der endgültige Garaus gemacht. Für immer! Nomadisierendes Verhalten ohne Regeln wird von der Zivilisation nicht lange geduldet! Und so bin ich froh, bei einer der letzten anarchistischen Perioden dabei gewesen zu sein! Wenn ich meinen Enkeln dereinst vom heutigen Internet erzähle, wird natürlich viel geschmunzelt werden, ob der prähistorischen Technik und spätbronzezeitlichen Werkzeuge.

Aber es wird auch unverhohlener Neid aufkommen, über unerhörte Abenteuer in Freibeutermanier. Sollte es noch Strom und Hochtechnologie geben, wird mein Name für meine Nachkommen in einem Atemzug mit »Klaus Störtebecker« und »Jack Sparrow« ehrfurchtsvoll geflüstert werden. Ein digitaler Terrorist, ein Hasardeur, in einer Welt voll obsessiver Libertinage, Sodom und Ghomorra allenthalben! Zukünftig wird vieles geregelt sein. Irgendwie. Kontrollierbar. Dafür werden diverse biometrische Erfassungsmaßnahmen schon sorgen. Auf Biegen und Brechen. Heute übliche Angebote und Möglichkeiten des Internets werden bald sehr schwer verfolgte Kapitalverbrechen sein. Und damit meine ich durchaus nicht nur »YouPorn«. Aber das ist ein ganz anderes Thema.

28.01.09

Zu den Autoren und Autorinnen

Olaf Arndt, Jahrgang 1961, lebt als Kurator und Gründungsmitglied der Künstlergruppe BBM in Berlin.

Imran Ayata, Jahrgang 1969, lebt als Schriftsteller, DJ und Geschäftsführer einer Werbeagentur in Berlin.

Franz Xaver Baier, Jahrgang 1953, lebt als Professor für Architektur in München.

Andreas Broeckmann, Jahrgang 1964, lebt als Kunstwissenschaftler und Kurator in Berlin.

Andreas Busche, Jahrgang 1974, lebt als Filmrestaurator und -kritiker in Amsterdam.

Hok Dany, Jahrgang 1960, lebt als Gastronom in Berlin.

Lena Domröse, Jahrgang 1980, arbeitet als Umweltberaterin in Paris.

Dirk Dresselhaus, alias Schneider TM, Jahrgang 1970, lebt als Musiker und Komponist in Berlin.

Rainer Ganahl, Jahrgang 1966, lebt als Künstler in New York.

Klaas Glenewinkel, Jahrgang 1970, lebt als Leiter einer NGO in Berlin.

Penelope Grabowski, Jahrgang 1974, lebt als Künstlerin in London, São Paulo und New York. Sie war von 2001 bis 2002 im Team der Berliner Gazette tätig.

David Grubbs, Jahrgang 1967, lebt als Komponist und Professor für Performance und Medienkunst in New York.

Helgard Haug, Jahrgang 1969, lebt als Autorin und Regisseurin von Rimini Protokoll in Berlin.

Stefan Heidenreich, Jahrgang 1965, lebt als freier Autor, Kultur- und Medienwissenschaftler in Berlin.

Fran Ilich, Jahrgang 1975, lebt als Medienaktivist und Schriftsteller in Mexiko Stadt und Tijuana.

Christopher Kaatz, Jahrgang 1985, lebt als Künstler in Berlin.

Catrin Kersten, Jahrgang 1980, lebt als Literaturwissenschaftlerin in Siegen.

Florian Kosak, Jahrgang 1983, lebt als Unternehmer in Berlin. Er ist seit 2001 im Team der Berliner Gazette tätig.

Volker Ludwig, Jahrgang 1968, lebt als Geschäftsführer einer Designagentur in Berlin.

Kolja Mensing, Jahrgang 1971, lebt als Schriftsteller in Berlin.

Jean-Luc Nancy, Jahrgang 1940, lebt als Philosoph in Straßburg.

Joerg Offer, Jahrgang 1969, lebt als Regisseur, Autor und Musikproduzent in Berlin.

Renato Ornelas, Jahrgang 1975, lebt als Regisseur in Mexiko Stadt.

Aletta Rochau, Jahrgang 1983, lebt als Autorin in Berlin.

Ulrike Rogler, Jahrgang 1971, lebt als Kinderbuchautorin und Redakteurin in Berlin. Sie war von 2000 bis 2002 in der Redaktion der Berliner Gazette aktiv.

Jan Rohlf, Jahrgang 1975, lebt als Künstler und Kurator in Berlin.

Samy, Jahrgang 1969, lebt als Liftboy und Bartender in Berlin.

Oliver Schmitz, Jahrgang 1960, lebt als Regisseur in Berlin und Kapstadt.

Anne Schreiber, Jahrgang 1977, lebt als freie Autorin und Lektorin in Berlin. Sie war von 1999 bis 2006 in der Redaktion der Berliner Gazette aktiv.

Marcus Steinweg, Jahrgang 1971, lebt als Philosoph in Berlin.

Florian Stötzer, Jahrgang 1985, lebt als Programmierer in Berlin.

Suzana Sucic, Jahrgang 1980, lebt als DJ und Regisseurin in Berlin und Amsterdam.

Tomoyuki Sugimoto, Jahrgang 1979, lebt als Musiker und Komponist in Tokio.

Magdalena Taube, Jahrgang 1983, lebt als Redakteurin und Literaturwissenschaftlerin in Berlin. Sie ist seit 2002 in der Redaktion der Berliner Gazette tätig.

Yoko Tawada, Jahrgang 1960, lebt als Schriftstellerin in Berlin.

Paul Thérésin, Jahrgang 1992, lebt als Rapper in Berlin und London.

Joseph Vogl, Jahrgang 1957, lebt als Professor für Literatur- und Kulturwissenschaft / Medien in Berlin.

VERBRECHER VERLAG

Jens Friebe

52 WOCHENENDEN.

Kritische Ausgabe

Mit Beiträgen von Dietmar Dath und Linus Volkmann

220 Seiten
Broschur
12 Euro

ISBN 978-3-940426-22-2

Jens Friebes »52 Wochenenden« ist erstmals im Jahr 2007 erschienen. Es geht darin ums Ausgehen und Rumstehen, um Drogen und Leben, um Ernst und Unernst. Der Roman wurde von der FAZ begeistert gefeiert: »So nah hier alles – wie immer bei gutem Pop – an allseits bekannten Alltäglichkeiten ist und diese präzise und pointiert abbildet, so sehr spinnt Friebe im nächsten Moment völlig unspektakuläre Begebenheiten ins Absurde oder ergeht sich in literarischen Persiflagen und purer Sciencefiction. Der Muff dröger Authentizität, das Nacherzählen langweiliger Schlafsackgeschichten und Drogenerfahrungen, wie man es aus Lesereise-Tagebüchern sonst kennt, wird somit beinah vollkommen vermieden.« Die Erstausgabe war bald vergriffen. Zeit für eine »Kritische Ausgabe«! Die Germanistin Jelenia Gora ergänzt seine Wochenendnotate, korrigiert sie, wo es nötig ist, und bietet schließlich noch einen editorischen Apparat an, in dem sich Vorstudien und Briefe finden. Kurz – das tolle Buch ist noch unterhaltsamer geworden!

Jens Friebe wurde 1975 geboren, er ist Musiker und Autor. Er gilt völlig zu Recht als Popstar.

Verbrecher Verlag Gneisenaustraße 2a 10961 Berlin
www.verbrecherei.de info@verbrecherei.de

VERBRECHER VERLAG

René Hamann

DAS ALPHABET DER STADT

Kurzerzählungen

110 Seiten
Broschur
13 €

ISBN: 978-3-940-426-15-4

E wie Eichkamp, Z wie Zehlendorf, P wie Pankow, R wie Rudow, S wie Schöneberg, X wie Xberg. René Hamann hat Berlin durchsucht und ist auf Normales gestoßen wie auf Obskures, auf Lächerliches wie auf Trauriges. Hamann beweist sich als genauer Beobachter. »Es sind hundertfach mehr erleuchtete Lampen als Menschen zu sehen. Eine Frau raucht an einer Bushalte, eine andere kommandiert ihren Pudel, eine dritte schiebt eine Fenstertür im ersten Stock auf. Es gibt kaum hohe Mauern vor den Häusern, die Schäferhunde sind nach Friedrichshain gezogen, die Überwachungskameras sind beim FAB. Es ist still. Durch die Stille kommt Kirchengeläut. Ein knarrender Rollstuhl mit einem Greis. Ein Bus fährt nachdenklich Richtung Schönow. Dann wieder Autos.« Die Glossen erschienen zuerst in der taz und erfreuten sich großer Beliebtheit. Nun ist das ganze Alphabet in einem Buch versammelt, ergänzt durch weitere Erzählungen aus und über Berlin.

René Hamann, geboren 1971, lebt als freier Autor und Journalist in Berlin. Er erhielt unter anderem das Arbeitsstipendium des Berliner Senats (2005) und den Lauter-Niemand-Lyrikpreis (2006). Veröffentlichungen: Katalan, Gedichte (2002), Neue Kokons, Gedichte (2003), Das Mädchen und die Stadt, Erzählung (2004), Schaum für immer, Roman (2007).

Verbrecher Verlag Gneisenaustraße 2a 10961 Berlin
www.verbrecherei.de info@verbrecherei.de

VERBRECHER VERLAG

Kolja Mensing

MINIBAR

Erzählungen

144 Seiten
Broschur
Originalausgabe
13 €

ISBN: 978-3-935843-81-2

Die Figuren in »Minibar« haben auch mit Mitte Dreißig noch das Gefühl, ganz am Anfang zu stehen. Die Protagonisten seiner kurzen und streng durchkomponierten Erzählungen leben in der Großstadt. Sie wohnen in renovierten Altbauwohnungen und anonymen Hotelzimmern, treffen sich auf der Dating-Line zum schnellen Sex und flüchten sich vor der schweren Last der Zufriedenheit in die zerbrechliche Welt der eigenen Kindheit.

»Kolja Mensing erzählt Geschichten, übrigens mit beachtlicher literarischer Potenz, und entkommt durchgängig souverän der Gefahr der billigen Häme wie auch der Nostalgie.«
Jochen Schimmang

»Konferenznomaden, Tagungshotels, Warteschleifen: Selten findet man so viel Gegenwart in so wenig Text. Mensings Minibar enthält poetische Stenogramme aus unseren Transiträumen. Minidramen ganz ohne Theater – die schönsten Storys der Saison.«
Stephan Maus, Stern

Kolja Mensing wurde 1971 in Oldenburg geboren. Er arbeitet als freier Kritiker für FAZ, taz, Tagesspiegel und Deutschlandradio.

Verbrecher Verlag Gneisenaustraße 2a 10961 Berlin
www.verbrecherei.de info@verbrecherei.de